加《か》納《のう》大尉《だいい》夫人
オンバコのトク

佐藤愛子 著

めるくまーる

〈初出〉
加納大尉夫人　「文学界」昭和三十九年八月号
オンバコのトク　「小説新潮」昭和五十六年三月号

はじめに

佐藤愛子

小説を書くことを一生の仕事にしようと思い決めたのは二十五才の時です。それから九十四才の今までにいったい何篇の小説を書いて来たか、自分でもわかりません。覚えてもいないし、数える気もないのです。過去の作品を読み返したことがないのは、読み返すと書き直しをしたくなることが怖いのです。六十年の間、人生の浮沈に従って書いて来たものは、私の中では恥の山のような感じで積っています。

それでもそれらの中に二篇だけ、これだけはいい、と思えるものがあって、それが「加納大尉夫人」と「オンバコのトク」です。「加納大尉夫人」は私が三十代の終り頃に書いたもので、「オンバコのトク」はそれから十年ばかり後のものです。前者は直木賞候補になって落選し、後者は書いては捨て、書いては捨てして、やっと気に入る文体を見つけて仕上げた作品です。

心身共に老い疲れた今、読み返したとしたら、これを書いていた時の一心不乱、ひたむきな情熱が蘇って来て、懐かしいというよりも、いっそ悲しくなるだろうと思います。それでやっぱり、この二作も読み返すのがためらわれるのです。特に「オンバコのトク」は小説新潮に掲載されましたが完全黙殺で、後になってただ一人、色川武大さんが認めて褒めて下さった。以来私は色川武大こそ、唯一、小説のわかる文学者であると自分勝手に思い決めているのです。（平成三十年二月記）

加納大尉夫人

1

昭和十六年のことである。

それは五年前に始まった支那事変（とその当時は呼んだ）が膠着《こうちゃく》状態に陥ったまま、いったい戦いは勝っているのか、勝利の見通しはついているのかわからぬままに、人々の生活からは次第に活気が失われつつあった時代であった。米や砂糖は配給制になり、一部ではもはや買い溜《だ》めや闇売が始まりかけていた。しかしそうかといって、人々は、はっきりとこの戦争は負けるかもしれない、などと思っていたわけではなかった。見送りの日の丸に囲まれた応召兵士の中には明らかに意気銷沈《しょうちん》している者や、空《から》元気の歌をがなりたてている者もいたが、勝つと信じて国家のために勇んで出発して行く者もまだ少くはなかった。女たちは千人針を持って駅や街頭に佇《たたず》んでいた。盛り場はまだ栄えていたが、困苦の第一波は庶民階級の家庭生活からまず押し寄せはじめていた。巷《ちまた》には戦況がはかばかしくないのはアメリカのせいで、アメリカが支那を援助しているために、戦争はいつまで経っても終らないのだという説が流れていた。支那のどこかで撃墜された戦闘機にアメリカ人の操縦士が乗っていたとか、捕獲した武器がアメリカ製のものだったなどという新聞記事もあった。

岩田安代《やすよ》が大阪の高等女学校を卒業したのはその年である。彼女の父は大阪でも指折りのメリヤス問屋で、彼女は女ばかりの四人姉妹の末娘だった。大阪市内にある店とは別に、阪急沿線夙川《しゅくがわ》に建てた家に父母、姉、姉婿とその二人の子供と一緒に暮していた。あとの二人の姉もそれぞれ番頭を婿にとって、何人かの子供を作っていたが、その二人の姉婿は各々中支と北支で戦っていた。

安代は毎日、朝から寝るまでピアノを弾いて暮していた。彼女は両親に内緒で音楽学校の入学試験を受けて落第し、更に来年、二度目の試験を受けるつもりでいた。米が足りないことも、砂糖やマッチが配給になったことも彼女は知らなかった。戦争に行っている二人の姉婿のことも、そのうちに帰ってくるだろう、ぐらいにしか思っていなかった。前線も銃後の守りと称された生活も同じように安代の遠くにあって、彼女の毎日はただ、ピアノに向うことで明け暮れしていたのである。両親はそんな安代を早く結婚させてしまおうとして、母の遠縁に当る番頭を婿養子にする話を進めていた。母は彼女が姉妹の中で一番器量が悪いことを心配して、一日も早く結婚させてしまうことばかり考えていたのだ。

安代は色の浅黒い、手足の大きな、背の高い娘だった。胸が小山のようにもり上り、音楽家というよりは運動選手といったほうが似合いそうだった。おしゃれや着るものには全く興味がなかった。小学校の頃も女学生になってからも、よく人から粗暴だとか変り者だとかいわれた。いつも踏みつぶしたような靴をはき、靴下はずれていた。そんなことでよく友達から注意されたり笑われたりしたが、何度いわれても平気だった。

父母が安代の婿にしようと考えていた番頭は、ある日安代を料理屋へ誘った。食事のあと番頭は安代ににじり寄って来て、

「かめへんでっしゃろ。どうせ先は一緒になるんやさかい」
と囁《ささや》いた。安代は火の入っている手あぶりを番頭に投げつけて逃げて来た。帰ってくると母は呆気《あっけ》にとられたように安代を出迎えた。後でわかったことだが、番頭は母にいいつけられた通りにしたのである。母はどうでも番頭を安代の婿にしたかったのだ。その年の秋も終りに近い頃であった。

大東亜戦争が始まったのはそれから間もなくのことである。それは突然、降って湧《わ》いたように人々の上に襲いかかった。早朝のラジオから真珠湾の奇襲攻撃を告げる、昂奮《こうふん》したアナウンサーの声が響きわたった。

「大本営陸海軍部十二月八日午前六時発表、帝国陸海軍は今八日未明西太平洋に於て米英軍と戦闘状態に入れり」

そうしてその日のうちに真珠湾の奇襲の結果、アメリカ太平洋艦隊が殆ど壊滅したことをはじめ、日本陸軍がマライ半島に上陸したことや海軍がシンガポールを爆撃して戦果を挙げたことや、ダバオ、ウェーキ、グアムのアメリカ軍事施設を爆撃したことなどが次々と報じられた。また日本海軍航空隊爆撃機の大編隊は真珠湾攻撃と同時にハワイ、ホノルルに三時間の大空襲を行い、上海では黄浦江に停泊中の英国砲艦を撃沈し、米国砲艦を降伏させ、また陸軍は香港の攻撃を開始したのだ。

まるでもう戦争は終ってしまったかのようだった。人々はいっぺんに活気づいた。

「もっと早いとこやるべきやったんや」

「アメリカをまずやっつけんことには、どないしようもないもんな」

安代の家でもそんな会話が夕飯の席でとりかわされた。

「ここで世界のやつらも見直したやろ。日本人は柄《がら》こそ小さいけれどえらい奴やちゅうてな……」

ひとしきりそんな会話が弾《はず》んだあと、それまで黙っていた安代はふと、

「そやけど闇討ちみたいなもんやから、勝つのは当り前やね」

といって皆の激しい叱責《しっせき》を受けた。

新しい戦争に突入したことによって、国民生活はいっそう苦しい統制の下に押え

つけられた。しかし、そんな不自由も、引きつづき発表されて行く数々の戦果によって打ち消された。香港占領、グアム島、マキン、タラワ島、ウェーキ島占領、ラバウル攻略、ニューブリテン島占領。そして二月十五日にはシンガポールのイギリス極東軍は無条件降伏をしたのだ。戦争はもうすぐ終る、と人々は思っていた。これだけ取ったらもう沢山だ、と景気よくいって笑い合った。安代の父は岩田号という戦闘機を海軍に献納した。

「初がすみ犬雉《きじ》猿の車かな」

安代の父はそんな俳句を詠んだ。日本は桃太郎で英米は鬼ヶ島の鬼だというのであった。

そんなある日、安代の母は安代に一枚の写真を見せた。木箱のように肩を張り、帽子をま深にかぶって直立している海軍中尉の写真である。顔はどちらかというと丸顔で、眉は太く、大きな涼しい、彫りこんだような切長の瞳《め》をしていた。唇は厚くて大きく、しっかりと引き結ばれ、その口をささえるように顎《あご》もまたしっかりと張っていた。それは元来、端麗な顔といわれる顔だちにはちがいないが、一見したところ、端麗というよりは力強い顔という印象が強かった。目、鼻、口、眉、顎を統一している強い緊張が、その顔に断乎《だんこ》としたものを与えていた。それは人の顔というよりは彫刻された立像のような感じだった。

安代の母は番頭とのことを断念して、海軍士官を安代の婿にと考えたのである。母は知人の海軍中将を呉《くれ》に訪ね、そこから紹介された独身士官の中で、最も美男子で前途有望な士官を選んだのだ。

「何や、こんな人、箱みたいな」

一目見るなり安代はそういった。それだけで写真のことは忘れてしまった。だがそれから間もないある日、安代の家にその海軍中尉がやって来た。安代の母から依頼を受けた例の海軍中将が、神戸の造船所へ出張を命じられた彼に、安代の家への用件を托したのである。それが加納《かのう》敬作であった。

彼は家中の歓待を受けた。姉たちも子供を連れて彼を見にやって来た。皆が彼の折目正しさや凛々《りり》しさや美男子ぶりを口々に褒めたたえた。母は安代に京都見物の案内をするように命じた。だが安代は中尉を京都行きの電車の中に置き去りにしたまま、家へもどって来た。中尉は仕方なく一人で京都の町を歩き、夕暮に安代の家へ挨拶に寄って、呉へ帰って行った。

それから一ヵ月ほど後、中尉は再び安代の家へ現れた。彼が配属された潜水艦の艤装《ぎそう》をするために約一ヵ月神戸で暮すことになったので、挨拶に寄ったのである。すぐさま安代の母は彼のために一室を提供したいと申し出た。安代の家からは神戸の造船所は、三十分ほどで行ける位置にあったのだ。せっかちな母は彼に意のあるところを打ちあけた。岩田家では中尉に安代を嫁がせたい意向を持っていることや、この一ヵ月の滞在中に安代と交際してみて、妻とするに足る女かどうかを見定めてほしいことや、持参金のことなどである。彼はその母の言葉に対して、

「安代さんの率直なところが、ぼくには大へん好もしいです」

といった。

加納敬作は鹿児島県の、あまり裕福ではない農家の五男だった。母は彼の幼い時に死に、父は病弱で働けなかった。男ばかりの六人兄弟の中で、中学に進学したのは彼だけである。このまま百姓にするにはあまりに惜しいと教師たちにいわれるほどの秀才で、校長の熱意が村の有力者を動かして彼は中学に進むことになったのだ。彼は中学校へ入ったときから、それらの人々の恩義に報いることを考えていた。そうして人のため国のために尽す人間になるためには、海軍軍人になるのが最も早い道だと考えた。彼は勉強し身体を鍛えることに、寸暇も無駄にすまいと励んだ。海軍兵学校へ入ったのは中学四年を終了した時である。彼は兵学校はじまって以来という優秀な成績で卒業した。成績ばかりでなく、選ばれたる者としての自分の人格を大成させたいと念じていた。彼を知るほどの者は、同期生も上官も区別なく彼に一目置《もく》いていた。誰もが口を揃えて、彼は行く末、日本海軍を背負う人間の一人になるだろうといっており、彼自身も連合艦隊司令長官になるという自負を持っていた。

しかし安代は、加納敬作の丸坊主の頭が嫌いだった。彼がどんなに偉い軍人になろうと、安代には、その剃《そ》ったように青い丸坊主の方が問題だった。

「帽子かぶってると素敵やけど、加納さんて、そうしてるとタコみたいやわ」

安代はずけずけとそんなことをいった。すると彼は生真面目な顔で、

「タコ?」

と訊《き》き返し、

「安代さんはぼくの頭がタコみたいだから、それで嫌いなんですか?」

といった。

「うちの母はわたしと加納さんを結婚させようと思《おも》てるのよ」

安代はいった。

「ヌカミソが醱酵《はっこう》するみたいに、私らが今に醱酵すると思て待ちかまえてるんやわ。知ってはる?」

「知っていますよ。ぼくは承知しました、といいました」

平然と彼はそういった。

「わたしはいやとやというてるの」

そういってから安代は急いでいい足した。

「けどそれは加納さんがタコみたいな頭してることと関係ないのよ。わたしは誰とも結婚しとうないの、それだけのことやの」

すると敬作は急に厳しい表情になって訓戒するようにいった。

「それは実に不幸な考え方です。不幸というのは不自然だから不幸なんです。女が結婚しないで、一体、何をするんです。女に何が出来るんです……」

二人が結婚について話をかわしたのは、その時だけだった。その後、彼は安代との縁談のことなど全く忘れたようだった。彼は朝、安代が寝ているうちに家を出て、夕方六時にきっちり帰って来た。安代と彼は夕食の時に顔を合すだけだった。安代は音楽学校の試験を受けてまた落第した。彼女の母はそれを、二人の仲を進めるチャンスだと考えた。安代はそんな母の下心を察し、夕食の席でわざと敬作を侮辱したりした。

ある日曜日、姉の子供たちが多勢やって来て、敬作と隠れん坊をして遊んだことがあった。安代も誘われてその仲間に入った。偶然、安代が飛び込んで行った押入れの中に敬作が隠れていた。掃除用具などを入れておく狭い押入れである。箒《ほうき》やモップやハタキなどがぶら下っている暗がりの中に、安代と敬作は向き合って隠れていた。足の間に雑巾《ぞうきん》バケツをはさんだ敬作は、安代の胸に身体がくっつかないように両腕を壁に突っぱって身体を支えていた。彼の鼻は安代の頭の上にあって、一生懸命に息を殺していた。そのとき突然、安代は笑いたくなった。クスクスと笑うと「シーッ」と真面目に敬作がいった。安代はまたクスクスと笑った。「シーッ」とまた真面目に敬作がいった。安代は肩を慄《ふる》わせて笑いはじめた。笑うに従っていっそう新しい笑いがこみあげて来た。やがて子供が押入れの戸を開けた。敬作ははじめて大きな口を開けて笑った。二人は笑いながら押入れから出た。押入れから出た後も、安代の笑いはいつまでも止らなかった。

敬作が急の命令で呉へ発って行ったのはその翌日のことである。彼が行ってしまった翌朝の目醒《めざ》め際に、安代はかつて味わったことのなかった、わけのわからぬ空虚感にしめつけられた。彼女の肉体は、彼女の前に横たわっている日々が、空っぽの時間のひろがりであるようなうすら寒さを感じた。そのひろいとりとめのない時間の中にぽつんと置かれた安代は、どこへ行けばよいのか、何をすればよいのかわからず、ただ淋しくて所在がないのだった。安代は起きてピアノに向った。だがいつもの単調な、指の訓練のための練習曲を弾くことが出来なかった。安代は即興的にセンチメンタルな曲を弾いた。するとその曲は彼女の心を静かな雨のように濡らし、やわらかくなった心はそのメロディに乗って、快いもの悲しさの中にさまようのだった。

日が経つにつれて、安代はことあるごとに敬作のことを思っている自分に気がついた。街や電車の中などで海軍士官の姿を見かけるたびに、敬作ではないかと胸がときめいた。敬作はそこにいないことによって、安代の中に日一日と膨脹しつつあった。そうしてもうこれ以上は安代の胸におさまりきれないと思われるほどになったとき、ふいに彼は現れた。彼は潜水艦の先任将校として神戸から出港することになったのである。

春のはじめのみずみずしく晴れ上った空に、まっ白に輝く厚ぼったい雲が、重なり合ったりちぎれたりしながら浮かんでいた。風はなく、空気は冷たかった。海面には細かな波のきらめきがひろがり、波は岸辺に来てから漸《ようや》く青みをましてほんの申しわけのように白く砕けて音も立てなかった。正面に淡路島があった。それは思いがけない近さにあって、島の裾によりかたまっている人家が、のどかに陽を受けて光っているのが見えた。

淡路島の右後方に、ぼんやりと四国が見えた。雲はどれも動かずに絵のように空のあちこちにあって、その内ぶところに太陽を抱いているかのように、ところどころから強い光を放っていた。

安代は紫地に白い大きな矢絣《やがすり》のお召を着ていた。それは彼女が女学校を卒業して以来、はじめて着た和服だった。彼女の頭には水色の大きなリボンが明治の女学生のように結ばれていた。彼女は生れてはじめて化粧をし、こってりと口紅をつけていた。そしてそんな彼女を母も姉も女中たちも、きれいだきれいだとはやしたてるようにいったのだった。

安代は淡路島を正面に見る料亭の縁の手すりに手をついて、黙って沖を眺めていた。彼女はその朝敬作が彼女の家を出た後、母と二人で舞子《まいこ》の海岸にあるその料亭まで車を飛ばして来たのである。神戸を出た敬作の潜水艦はやがてその沖合に姿を現し、呉港へ向って通過して行く筈だった。艦は呉で碇泊《ていはく》後、外海へと出て行くのだ。

「わア、ええこと考えた！　そんなら舞子でお見送りするわ。ね？　ね？　そうするわよ」

その前日、安代は敬作に向ってせがむようにそういった。彼女はまるでお祭でも見に行くように浮き浮きしてそういったのだ。敬作が潜水艦の中でどんな日々を送るのか、どの方面へ行くのか、無事なのか危険なのか、彼女は何も知らなかった。敬作がいつもと変りのない暢気《のんき》な顔をしていたからである。彼は戦争について何もいわなかった。それで安代は日本海軍の、神のような無敵を信じていた。日本海軍の艦が撃沈されるかもしれないことなど、考えもしなかったのだ。

安代の母は料亭の女中に釣舟を頼んだ。彼女たちは釣舟で沖へ出、敬作の艦を見ようという計画だったのである。二人は料亭の庭から釣舟に乗り込んだ。安代は舟ばたを摑《つか》んだまま眩《まば》ゆげにしかめた目を沖へ向けていた。

「きれいな空ですなあ」

と誰にいうともなく母がいった。

「仰山《ぎょうさん》の子供を抱えて、長いこと空も見んと暮してたけど、久しぶりにのんびりさせてもらいますわ」

だが安代は聞いていなかった。黙って沖に目を据えていると、空と海は一つになってアルミニウムのように漠然と光り、安代は今の自分が悲しいのか嬉しいのかわからないのだった。そのときその安代の視野の中に、突然すべるように近づいてくる黒々と長い艦の姿が現れた。それは泡立つ白波にとりかこまれ音もなく現れると、淡路島の影の中へ入ってくすんだり、何かの拍子に陽を浴びて輝いたりしながらまるで夢のようにすいすいと進んで行くのだ。

「ああ、お母さん、見てごらん、あれやわ、あそこ、敬作さんやわ、敬作さんやわ」

思わず安代は叫んだ。誰もいない艦上、司令塔の右下に、ただ一人立って帽子を高く上げている黒い人影を彼女は見たのだ。

「どれ、どこにイ？　どこ？　どこ？」

そう訊《き》く母にとり合っている暇は安代にはなかった。安代は熱狂して、ハンケチと袂《たもと》とをメチャメチャに振った。

「敬作さーん」

と安代は叫んだ。

「行っていらっしゃーい」

潜水艦と手を上げている敬作の姿は、淡路島の陰を出てみるみる小さくなって行った。もう何も見えなかった。水平線は空の光の中に融《と》け込んで、眩ゆくかすんでいた。

「ああ、行ってしもた――」

安代はいった。わけもなく彼女は笑った。

「Z型でんな。大型艦隊型」

と知ったかぶりで船頭がいった。安代ははしゃぎ、舟をわざと揺らせて母を怒らせた。

その年の秋、敬作と安代は結婚した。敬作が二十五歳、安代が十九歳の時である。五月に敬作は大尉に昇進していた。安代の友達は、安代が美男子で秀才の海軍士官と結婚したと聞いて大さわぎをした。その頃海軍士官は娘たちの憧《あこが》れの的だったのである。

しかし昭和十七年六月、日本はミッドウェーを攻略し、アメリカ艦隊と決戦を挑もうとして新しい動きを示し、ここで戦争開始以来はじめて、アメリカ軍によって致命的な敗北を喫したのだった。六月五日、日本とアメリカの機動部隊はミッドウェー海域に於て激しい攻防戦を展開した末、アメリカが二隻の軍艦と百五十機の飛行機を失ったのに対して日本は航空母艦四隻と重巡一隻のほか三百二十二機の飛行機が撃墜された。しかしこの結果について大本営はアメリカ機百二十機撃墜、空母二隻撃沈したのに対し、日本は空母一隻喪失、空母、巡洋艦各一隻大破、未帰還機三十五機を出しただけであると発表した。この時が大本営が国民に偽りの発表をしはじめた最初の時である。そしてこの海戦以後太平洋戦線の作戦主導権はアメリカに奪われたのだ。

だが呉の水交社で行われた結婚披露は、華やかで希望に溢れたものであった。安代たちの一行は、美容師二人を連れた総勢十六名の賑やかさで呉へと乗り込んで行った。呉の名流夫人である仲人の中将夫人が、部下の夫人連を従えて駅に迎えに出た。海軍に於ける加納敬作に対する尊敬と愛情はそんなところにも現れていたのである。

結婚式の列席者は殆どが海軍将校だった。部下の結婚式には滅多に出たことがないという、ある有名な海軍大将も出席していた。会場には響きのよい演説の声がつづき、その間に気持よく哄笑《こうしょう》があふれた。大日本帝国の未来の歴史に輝く星――そんな言葉もあった。誰もが安代の存在など忘れているかのようだった。母が三年も前から作らせてあった結婚衣裳を何度か着替えたが、殆ど誰も見向きもしなかった。

「天皇陛下バンザイ、大日本帝国海軍バンザイ！……」

彼らは怒濤《どとう》のように叫んだ。それから敬作も一緒になって、拳《こぶし》をふって海軍兵学校の歌を歌った。安代は呆然《ぼうぜん》とその中に坐っていた。ある快さが安代を夢心地にしていた。彼女は自分の夫となる人が、彼女の思っていたよりずっと偉大な軍人であるらしいことを知ったのだった。

2

安代が結婚して、最初の日々を送ったのは呉の町である。彼女はその町の若々しい活気が大好きだった。折目正しく自信に満ちた海軍軍人の溢れる町、物資は豊富で海軍工廠《こうしょう》の大煙突は絶えることなく煙を吐き出し、町を取り囲んでいる三方の山は、この町の特権的な平和を守っているように思われた。軍艦を見ることは禁じられていたが、安代の想像のなかでは港には軍艦が隙《すき》もなく浮かび、マストは林立し砲塔はいっせいに外海に向い、その想像は彼女に〈偉容〉という言葉を思い起させるのであった。

敬作は六時に起床して軍港へ行き、夕刻きっちり五時四十分に家へ帰ってきた。彼女は敬作が帽子をかぶり、きっと前方を睨《にら》むようにして歩き出して行く時の横顔が好きだった。夫が出かけて行くと彼女は洗濯をし、物干場に上って秋晴の下に光っている呉の町を見下ろした。彼女が離れを借りている家は呉市の南の山腹にある退役中佐の家だった。中佐は一人息子が戦死したあと、呉市へくる海軍士官のために離れを建て増して、無料で提供していることを誇としている老人だった。彼は海軍士官の中でも成績優秀で志操堅固な士官にしか貸さなかった。それで中佐の離れに住んだ士官は、それだけで皆一様に人々の尊敬を受けたのである。

結婚して一ヵ月ほど経ったある日、敬作は安代にこんなことをいった。

「安代、君は武人の妻として恥かしくない妻になるよう、修養せねばいかんよ」

そのときの敬作の表情はいつもと何の変りもないものだった。だがその言葉は青天の霹靂《へきれき》とでもいうように安代を打った。

「我々は人の上に立つ者だ。人の上に立つのにこんなことでよいか、こんなことでよいかと、俺はたえず自問しながら暮している。普通の人間なら許されることでも、人の上に立つ者である故に許されぬことが沢山あるのだ」

彼はいった。

「わかるかね。まず第一に折目正しさ、礼節だ。安代は今日からそれを心がけてほしい」

安代は女学校時代からよく〈変り者〉といわれたことを反射的に思い出した。女学校時代、彼女を可愛がってくれた国語の教師が、ときどき彼女に向ってそれとなく教訓めいた言葉を口にするときに漠然と感じたと同じものを夫の言葉に感じたのだ。だが彼女は敬作に向って具体的な質問をすることが出来なかった。彼女は夫の言葉に、その背後の世界を感じた。女学校時代のように彼女を変り者だといって笑っている世間の目を。

安代が中佐の老夫人から、釜の洗い方について注意されたのもその頃である。夫人は安代に釜の底をさわらせ、その指について来たヌルヌルを見ていった。

「それ、そのとおりですよ」

老夫人はいつも男物の紺絣《こんすがり》のモンペを着て、白髪の目立ちはじめた長い髪を、一筋の乱れもなく後へくしけずって、首筋で束ねた痩《や》せぎすの人だった。

離れは母家と、お寺か学校のような長い渡り廊下でつながっており、その廊下を渡ったところに共同の台所があった。

「お釜をきれいに洗うことは、女のたしなみのひとつですからね」

と夫人はいった。

「わたくしどもがここで海軍の方にお部屋をお貸しするようになってから、あなた方は丁度十五人目でいらっしゃる。その中でも加納大尉のような完全無欠の方ははじめてだと主人も申しておるのですよ。大尉は皆さんから尊敬されておいでの方です。どうぞその名誉を汚さぬように、わたくしからも心からお願い申しますよ」

そのときも安代は、その老夫人の言葉の背後にある世界からの目を感じた。しかし彼女はそうした抽象的な言葉からは何も得ることが出来なかった。彼女はただ途方にくれるばかりだった。

自分の中の何を、いったいどういう風に改めればいいのか、安代には皆目わからなかったのである。それはいつも不意討ちのようにやって来るのだ。彼女は娘時代、母から口やかましくいわれたことを思い出そうとしたが、何も思い浮かばなかった。

「あの子は変ってるさかい、よっぽどものにこだわらん、気持の広い男さんやないと、嫁にやれませんわ」

思い浮かぶのはそんな言葉だけだった。

「もののふの妻は、普通の妻とはちがいます。普通の妻とは違うという誇を、まず持たなければいけませんよ。夫の名誉を夫と共に守るのが、武人の妻たる者の道ですから」

老夫人は暇さえあると、安代をお茶に呼んでそんな訓話をした。

「加納大尉に対してあなたは言葉づかいが馴れ馴れしすぎますよ。おでかけの時はお玄関に三つ指をついて、行っていらっしゃいまし、と頭を下げるだけでよろしいのです。お見送りに玄関の外まで出たり手をふったりする必要はありません。下々《しもじも》の女のするようなことをしては、大尉の恥になりますよ」

そんなある日、敬作の同期生が数人遊びに来た。安代が隣室で酒の燗《かん》をしていると、一人の大尉がこんなことをいうのが安代の耳に入った。

「おい加納、貴様はカカアの教育をもっとせにゃいかんぞ」

夫の声は聞えなかった。そして、別の声がこういった。

「加納があんまり立派すぎるから、カカアの点数が目立つんだ。加納大尉夫人ということで、皆が注目しとるからな」

安代は薬罐《やかん》の中に漬けた徳利をそのままにして、その声から逃げ出した。夢中で渡り廊下を走り、台所へ駈け込むと、暫《しばら》く呆然とそこに立っていた。沸騰している薬罐の中の徳利のことが思い出されたが、どうすることも出来なかった。安代はふらふらと老夫人の部屋へ行った。そして彼女は敷居の所に立ったまま思いつめた風にいった。

「わたし、なんでこうなんでしょう。何がどんな風にいかんのか、わたし、さっぱりわかりませんの」

そのとき安代は老夫人からこんな話を聞かされた。それはその日、安代が羽織の下から帯を垂らして町を歩いていたという噂話だった。「狐のように尻尾を垂らして」という言葉が海軍士官夫人の間に次々と伝わっていたのだ。

「でもそれは薬屋の小母《おば》さんに注意されてすぐ結び直しましたのよ。けどそれくらいのことが、なんでそんなに評判になりますの？　気がついて結び直したら、それですむこととちがいます？」

「不注意ということはたとえどんな小さなことであっても女の恥なのです。たしなみのよい人はいつもすべてのことに細心の注意を払っているものですからね」

老夫人は静かにいいきかすようにそういった。

「海軍の同期生というものは兄弟よりも濃い交《まじわ》りをするという伝統があります。同期生の一人の不幸は同期生全体の不幸なのです。ですから今日のお客さまがあなたのことを大尉に注意されたのを、決して単純に悪口と思ってはなりませんよ。あなたの至らなさは、加納大尉一人の問題ではなくて、同期生の方々皆の問題なのですからね」

だがそんなことがあった後も、安代はまださまざまの批判を受けなければならなかった。彼女は一生懸命に注意し気を張りつめているつもりだったが、何かの弾みについお釜を持って廊下をスキップしたり、お天気に浮かれて物干台でサンタルチアを歌ったりしてしまうのだった。

「あなた、もうこんなわたしみたいな女、愛想がつきた？」

ある時、安代は敬作に向ってそういったことがある。日曜日の夫人同伴のクラス会で、安代はつい調子に乗って、

「ああ早く戦争が終って、おなかいっぱいバナナが食べたいですわねえ」

といってしまったのだ。テーブルの向う側にいた敬作の顔が、みるみる真赧《まっか》に染って行くのが安代の目に入った。

「しもた！」

と思ったがもうどうしようもなかった。クラス会の間じゅう、彼女は夫の名誉を救うために離婚ということを考えていたのだ。だが敬作は、心配そうにそう訊いた安代に向ってこう答えた。

「いや、人間、努力をつづけさえすれば何ごとも必ず成就するものだ。気長にやろう」

安代にとって夫敬作が絶対者となったのは、その言葉を聞いた時からである。立派な夫にふさわしい妻になろう、と安代は思った。散髪の好きな敬作の頭は、相変らずタコのようであったが、今度は彼女はその頭をタコのようだと思う自分の感覚を、夫に対して申しわけないと思わずにはいられなかった。

ある夜、敬作は寝床に入ってから、ふとこんな話をした。それはある高名な海軍大将が夫人を四回も変えた理由についてだった。

「四人目で落ちついたんだが、やっと寸法が合ったんだね」

そのことについて安代は根ほり葉ほり質問した。はじめ、彼女は数学でも教わるように真剣だった。それからやっと意味がわかり、ふいに笑い出した。彼女はもっとそんな話を聞きたがった。敬作がそれに応じると彼女は息もたえんばかりに笑いにむせた。

「ねえ、それから？　それから」

と彼女はいった。そうして笑い合っているその時間は、彼女には何にも代えがたい倖《しあわ》せなときに思われた。

昭和十八年二月十日――その朝、

「ソロモン群島ガダルカナル島に作戦中の部隊は、作戦目的を達成せるにより同島を撤し、他に転進せしめられたり」

ラジオがそんな大本営発表を報じていた。

「あら、面白い名前――」

朝食の支度をしながら彼女はうきうきと声を上げた。

「ガダルカナル……舌の先で何かを転がしてるみたい……何かしら？　サイコロみたいなもの……」

朝から穏かな日の射《さ》す晴れ上った気持のいい朝だった。二人が逗子へ来て以来、彼女は全く世の中とはかけ離れた巣の中の幸福といったものの中に生きていた。彼らの暮している家は、山ふところに抱えられた日当りのいい貸別荘で、その山の向うから終日波の音が聞えて来た。そこは貸別荘ばかり五、六軒が集っている殆ど人通りもない淋しい一画で、いったいどの方角に海があるのか、どこに商店街があるのかも知らずに安代は暮していた。食糧はたいてい敬作が持って来てくれ、町へ行く用は横須賀の軍港へ通っている彼が、大てい果してくれた。そこにいた約一ヵ月の間、安代は殆ど家の外へ出なかった。日当りのいい縁側に置いた古びた籐椅子《とういす》から、向うの山の中腹に咲ききった白梅を眺めながら、ただじっと夫の帰宅を待っていたのだ。ときどき思い出したように小鳥が囀《さえず》り、波の音がのどかに響いていた。

やがて下の道からつま先上りの小径《こみち》を上ってくる、薄い夕陽の中の敬作のマント姿が見える。と安代はまるでそこに敬作がいるかのようにふざけてピョンと飛び上り、「来た、来た、来たヨ」と踊りの手ぶりをしておどけ、敬作がガラリと格子戸をあけると同時に急にしとやかになって玄関先に手をつくのだった。

安代は戦争のことなど考えたこともなかった。新聞を読んだことも、母や姉に便りを出したこともなかった。一度だけ潜水艦というものを見たいと敬作にいったことがあったが、敬作は言下にこういった。

「女などが来るところではない」

安代が呉で知り合った海軍士官の夫人たちは、大てい婚約時代や新婚時代に一度は軍艦や潜水艦を見せてもらっていることを安代は知っていた。だが安代はそんなことを敬作にいいはしなかった。そんな風にいう敬作は、安代にとってはやはり普通の軍人とは違い、武人の鑑《かがみ》となるべき人物に思われたのである。

二月末のある雨の夜だった。敬作はいつものように横須賀から帰って来て、着がえをすませたあと何気なくこういった。

「二日後に出ることになった」

それは安代が湯呑み茶碗に番茶を注いでいる時だった。彼女はふいに後からわッとおどされでもしたかのように、ぎくりとしてお茶をこぼした。

「出る？」

と思わず彼女はいっていた。あまりに無造作なその一言に、抗議でもするかのように。安代は自分の中に、今まで思ってもみなかった非難がましい、嫉妬めいた、いや憎しみといってもいいほどの強い感情が頭をもたげてくるのを感じた。

彼女は落着こうとして飲みたくもないお茶を、自分の湯呑みに注いだ。怒りのために手が慄《ふる》えていた。今まで敬作のために積み重ねて来た一切の努力を、今、その手が打ち砕こうとしているのを彼女は感じた。怒りにまかせて土瓶を障子めがけて投げつけようとして、（娘時代の彼女は母や姉の前でよくそんなことをやってのけた）その手は慄えているのだ。敬作の中の、彼が妻よりも大切に思い、目指しているものの存在に向って……

しかし安代は押し止まった。彼女は夫を失望させたくなかったのだ。武人の妻として……武人の妻として……と彼女はまじないのように呟《つぶや》いた。――軍人が戦闘に行くのは当然だ――それはいつか、敬作の同期生の妻が、夫の戦死を聞いてとり乱した時にいった敬作の言葉だった。しっかりしなくてはいけない、しっかりしなくては……と安代は一生懸命に思った。そして彼女は夫を見た。彼は今の言葉など忘れたように夕刊をひろげ、安代のいれた茶をすすっていた。その夫に向って唐突に安代はいった。

「もし、あなたが戦死してもわたしは決して泣いたりしないわ」

敬作は新聞から目を上げて安代を見、満足そうに微笑した。彼はいった。

「そうだ、それでこそ俺の妻だ」

安代はお茶のこぼれた食卓の上を、何度も何度も布巾《ふきん》で撫でながらしゃべりはじめた。

「井上大尉が戦死しなさったとき、わたしがお悔みに行くとあのきれいな奥さんが、泣いて泣いて泣きはらした顔になって出て来て、わたしを見るなりまた泣きはじめなさったのよ。わたしが挨拶しても、返事もよう出来んと、肩をこんなにふるわせて……そのときわたし思うたの、まあなんて醜いことやろ、わたしならもっと毅然《きぜん》としてみせると思うたの、わたしやったら、絶対、人前でとり乱したりしませんわ、ちゃんとこういうわ、『ありがとうございます。夫も名誉のことでさぞ満足でございましょう』……」

「たのむぞ」

と敬作はいった。

「武人の妻として、立派にやってくれ。さすがは加納大尉の妻だといわれるようにな」

彼は機嫌よくその夜を過した。彼女の好きな「お下劣な話」をしたりした。彼はどの方面へどれくらい出かけるのか、何もいわなかった。ただ、自分の行った後は、すぐに夙川の家へ帰るように、といっただけだった。

三日後、敬作は出て行った。小雨が降っている寒い朝だった。彼はいつもと同じ時間に起きて、いつもと同じように出て行った。安代は玄関に手をついて、

「行っていらっしゃいませ」

といった。

「うむ」

と敬作は答えた。長いマントの裾が小雨の中に翻るのが見え、玄関のガラス戸は閉った。彼の靴音が坂を下りて行ってしまうと、彼女は寝室へかけもどり、布団を引き出してその中に倒れこんだ。こらえていた嗚咽《おえつ》がいちどきに溢れ出た。まるで嘔吐《おうと》のように泣き声が出て来た。彼女は布団をかぶり、そこに残っている敬作の体臭の中で思いっきり声を上げて泣いた。

安代は一日中布団の中で泣きつづけた。涙は波のように高まったり低まったりした。やがて涙が涸《か》れてくると、安代は布団から顔を出し、ぼんやりと天井を眺めた。あたりはもう暗く、雨の音の合間に波音が高まるのが聞えた。そうしてじっとしているとやがて再び、おさまっていた痛みのように悲しみがぶり返して来た。彼女はひとりぼっちでそこにいる自分を思った。彼女がこんなに泣いていることを、敬作は夢にも知らないのだ。彼女は小雨の降る海から、静かに潜航に移って行く彼の艦を思い描いた。

　敬作は夕方になってももう帰って来ないのだ、そう思うと身体の肉をえぐり取られるような苦痛に襲われた。彼女は悲鳴をあげ、その悲鳴が空しく暗い家の中にひろがるのを聞いた。

　その翌日も翌々日も、安代は布団の中に入ったまま泣いていた。三日目も四日目も同じだった。およそ十日ほども経っただろうか。ある朝、安代は長い病人が朝の目覚め際に、ふと快方に向ったことを知覚するように、ふと悲しみが薄れているのを感じた。安代は立って、玄関の土間に投げ込まれている新聞を拾った。台所へ立つと、小さな鼠が二疋《ひき》、野菜籠の中でせっせとさつま芋を齧《かじ》っていた。安代の叫びに鼠はひょいと顔を上げると、二疋揃ってあっという間に流しの奥へ姿を消してしまった。

　その慌てぶりに思わず安代は笑おうとして笑いそこなった。そして鉛で胸を締められているような深い憂鬱《ゆううつ》が、まるでギプスのように固く彼女を包んでいることに改めて気がついた。彼女は今、どこかの海底にいる敬作のことを思い出し、もう一度泣こうとした。だがもう涙は出なかった。

「万象の真を求めて義気肝《かん》に満つ
　愁心無用　笑いを求めよ」
夙川へ帰って間もなく、敬作からそんな便りが来た。葉書に大きな角張った字でいっぱいにそれだけ書いてあった。暫《しばら》くすると又、こんな便りが来た。
「目下無事、言、復《また》無シ
春寒　料峭《りょうしょう》、愈《いよいよ》〻御自愛奉り候　頓首《とんしゅ》」
実家へもどった安代は、家中の者から腫物《はれもの》にさわるように大事にされた。彼女は元の我儘娘にもどり、ちょっとしたことで腹を立て、ピアノに八ッ当りをしたり姉の赤ン坊を抓《つね》ったりした。
「そんなことというたって、敬作さんは死ぬかもしらんのよッ」

彼女はその我儘を非難されるとそう叫んだ。

「あの人は死んでしまうのんよ。どこの海ともわからんところで、ふわふわ浮いてるか、手も頭もバラバラになってしもうて、魚に目玉や肉を食べられて、骨に肉がボロみたいにひっかかってる姿で、海藻の間でゆらゆらしてるのんよ……」

「まああんたという人は、まあ……」

とその度に母や姉は慌てて両手を振った。

「そんな酷《ひど》いこと——なんぼヒステリイ起してる時やからいうたって、そんなえげつないことがなんでいえますのや」

すると安代はいっそう残酷な顔になっていいつのった。

「何がえげつないのん？　ほんまのことというのが何でいかんのよ？　海で死んだら、そないになることはきまってるわ。誰かてそうなるんやし、なってる海軍の人いっぱいいるわ、あの人だけがそうならへんいうこと、なんでいえるんよ？」

実家へ帰ってからの彼女は、一度も泣かなかった。目の中はいつも乾いて熱く、始終いまいましい気持にかり立てられていた。彼女の気持があるもの悲しさの中に鎮まる時は、敬作の葉書を見る時だけだった。彼女は一日に何度もそれを取り出して眺めた。春が来て庭の桜がほころびかけたのを姉婿が見つけた朝、安代は木刀を持ち出してその最初の花をつけた一枝を叩《たた》き折ってしまった。

梅雨に入って間もないある夕暮、安代がぼんやり門の前に立っていると、突然目の前に電報配達人が現れて電報を渡して行った。

「マエダヤヘコイ　ケイサク」

発信地は呉だった。安代は大声を上げた。マエダヤというのは、結婚式の前に安代たちが泊った宿屋である。安代は家の中へ駈け込んだ。

「お母さん、お母さん――」

そう甲高く呼びながら、彼女はひとりでに笑い出していた。彼女はわめいた。

「お母さん、お母さん――」

安代はびっくりして出て来た母に抱きついた。

「しっかりしなはれ。安代、どないしたんや、安代、安代」

母は驚愕《きょうがく》して安代をゆさぶった。すると安代はわざと酔いどれのようによろめいて、だらしなく口をあけ、目をすえてつまんだ電報をさし上げた。顔色を変えた母が、ひったくるようにそれを取った。安代は大声で笑い出し、電報を読み終えた母にかじりついた。

「帰って来たんやね？　そうやな？　帰って来たんやね？」

母がいった。

「帰って来たんやて。ほんまや。帰って来たんや」

安代は答えた。そして二人は大声で笑いこけた。

前田屋へ着いたとき、安代は三ヵ月ぶりで会う敬作が床柱を背にあぐらをかいている浴衣姿の前に手をついて、改まって挨拶をした。

「お帰りなさいませ、御苦労さまでございました」

「うむ」

と敬作はいった。それから安代が、それを見るたびに胸が痺《しび》れるように感じる白い真直な歯並を見せてにっこりした。

「どうしていた?」

優しく彼はいった。彼は床柱によりかかったまま、今まで見たこともなかったような柔和な表情になって、じっと安代を見つめていた。彼は痩せ、顔色は悪く頭髪が伸びていた。しかしそのためか、目や頬のあたりに精悍《せいかん》さが増していて、笑うと目立つようになった目尻の皺が、安代に新しい魅力を感じさせた。

安代は何もいうことが出来ないで、ただそんな夫を見つめて坐っていた。彼女は今にもその場に倒れるかと思われた。彼女の身体は、敬作が立ち上って来て、その海の匂いのしみこんだ強い腕で抱いてくれるのを待ち望んで、今にも失神せんばかりだったのだ。だが敬作は、床柱の前からいった。

「よく降るなあ、夙川もやっぱりこうか?」

それから敬作は黙ってこっくりした安代を見て、笑いながらいった。
「何をそんなに固くなってるんだ。腹が減った、飯を頼んでくれ」

3

昭和十八年三月、輸送船八隻を護衛した軍艦八隻の日本大船団はニューギニアに向う途中、連合軍の航空隊に粉砕された。山本連合艦隊司令長官が作戦指導中その乗用機を撃墜されて死亡したのは四月である。五月、アッツ島の日本軍は全滅し、又、ソロモン群島方面の島々も次々に占領されていった。六月三十日、アメリカ軍はニューギニアに上陸、八月十五日ベラ・ラベラ島、十一月一日にはブーゲンビル島に上陸し、日本軍の最前線は次々と後退して行った。

その頃、敬作と安代は広島県の大竹市で暮していた。戦闘から帰った敬作は大竹市にある海軍潜水学校へ入学の命令を受けたのだ。潜水艦の水雷長としての資格を得るためである。

彼らの借りた部屋は、街道ぞいの雑貨屋の二階で、格子のついた横に長い窓から、低い町並の向うに連なる山なみがすぐそこに見えた。町はその山なみと海との間にひらけた短い一筋町で、町筋の裏側を山口県と広島県の県境をなす木野川《このがわ》が流れていた。

北からの汽車は町外れの野菜畑を横切って古ぼけた木造の駅に着き、木野川の鉄橋をゆっくり渡って南の方へと消えて行った。町は静かで平和だった。雑貨屋の主人は汽笛の音を時計代りにしていた。町には潜水学校の外に海兵団もあり、町の人々は彼らを尊敬し、親切だった。士官たちは大てい町の商家に間借りをしていた。狭い町は日曜日になると海兵団の兵隊でいっぱいになった。たった一軒だけある芝居小屋は、日曜日の夜は兵隊たちのために特別おまけの余興を加えた。士官たちは町に三つある料亭や旅館で酒を飲んだり、夫人同伴のクラス会を開いたりしていた。

毎夜、敬作は、夜半すぎまで勉強をつづけていた。安代は勉強をしている敬作のそばで、団扇《うちわ》で蚊を追いながら勉強の終るのを待っていた。しかし安代はその長い時間の間、一度も退屈をしたりつまらないと思ったことはなかった。といってその間に本を読んだり、手仕事をしたり、考えごとをするというわけでもなかった。彼女はただ敬作のそばにいて、彼を眺めているだけで十分だったのだ。彼が今、安代の身近にいるということ、手を伸ばせばいつでも触れることの出来る場所にいるということは、まるで大金持にでもなったような気持だった。潜水学校に入学している間の三ヵ月間は、敬作は彼女のそばにいることは確実だった。三ヵ月経って卒業した後は、水雷長としての実地訓練が数ヵ月あることも確かだった。少くとも半年は、安代はこうして敬作と一緒に暮すことが出来るのだ。

敬作が机の上の本をぱたりと閉じるとき、安代は胸に新鮮なときめきを覚えた。安代は夫が抱擁してくれる時をいつも待っていたのだ。夫との行為は、まだ安代に何の快楽ももたらしてはいなかったが、それでも彼女はそれが好きだった。敬作は荒々しく性急に自分だけの快楽を追うだけだったが、彼が安代の中にいるという充足感だけで、安代は十分満足した。彼女は何度でも夫に応じた。夫が荒々しい吐息を洩《も》らして彼女の上に身を伏せるとき、安代はそんな夫の胴を下から優しく抱いて、しんそこ幸福のため息を洩らすのだった。

秋のはじめ、敬作は潜水学校を首席で卒業した。そしてひきつづきそこでの実地訓練に入った。天気のいい秋の日がつづき、安代は町の人々と並んで川端で洗濯をした。そこで菜っ葉を洗うこともあった。雑貨屋の主婦は、安代に田舎料理の作り方を教えてくれた。また端ぎれで下駄の鼻緒の作り方や、足袋《たび》の縫い方なども教えてくれた。雑貨屋には小学校へ行っている男の子が四人いて、四人とも海軍軍人を志願していた。敬作は彼らの憧れの的だった。彼らは敬作の後をついて歩き、彼が潜水学校をトップで出たことをあちこちの子供に自慢してまわった。

安代が、勉強している敬作の横顔が、いつからか陰気に沈んでいることに気がつくようになったのはその頃のことである。団扇で風を送っている安代がふと気がつくと、机に向っている敬作の上半身は彫像のようにじっと動かず、目は書物に落ちたきり読んでいる風《ふう》もなくただ一点を見つめている。眉はいつのまにか機嫌悪そうに寄せられ、そのままの姿が三十分も一時間もつづくのだ。安代が呼んでも、その声が耳に入らないようだった。ふと上げた目が安代の目と合ったとき、その目の中に、殆《ほとん》ど憤りを耐えているかのような暗い憎しみに似た光が燃えていて安代を驚かせた。

やっぱり自分は敬作には不満な妻なのだろうか。安代にはそれが不安でたまらない。いくら努力しても人間というものは、そう簡単に自分を変えることは出来ないのだ。夫が出かけてしまった後、安代は何度かそう思った。

呉市とはちがってこの町は、のどかな田舎町ではあったが、それでも海軍士官の家族は多勢いて、その連中との交際は絶えたことがない。ときどき日曜日に町の料亭で開かれる士官たちのクラス会は、必ず夫人同伴ときまっているので、そんなときにも安代は夫が恥をかかないように気を張って、言葉づかいなども注意して、思わず地金が出ないようにふだんから大阪弁もつつしみ、「あそばせ」とか「あたくし」などというように努力しているのだった。

けれどもいくら努力しても、安代には気のつかない落度というものがあって、呉市にいた時は中佐の老夫人がそれを教えてくれたものだったが、今では誰も教えてくれる人がいなかった。皆はかげでこそこそと安代の落度を数え立てて、それを敬作の耳に入れ、敬作はもう、それをいちいち安代にいましめる根気がなくなって、それであのように不機嫌になっているのではないだろうか。

安代はただおろおろするばかりだった。彼女は最近の自分をあれこれと思いめぐらし、もしかしたら、黒コゲになった残飯を便所に捨てたことが発覚したのではないか、とはっと胸を衝《つ》かれたりする。それとも階段の下の部屋で、もう何年も寝たっきりになっているこの家の老父のことを忘れて、

「死ぬのは五十までに死にたいですわ。年とって皆に世話をかけて死ぬのはいやですわねえ」

などとこの家の若嫁にいってしまったことだろうか？

何日か、安代は夫の顔色を窺《うかが》いながら過した。彼女には不機嫌の理由を夫に訊く勇気がなかったのだ。こんな場合のことは、呉の中佐夫人も教えてくれなかった。さんざん頭をしぼって考えた結果、ある朝、安代は敬作に向ってこういった。

「ねえ、あなた、もし何でしたらねえ。あのう……岩国へでも行って芸者遊びでもしてこられたらいかがですか」

安代の育った環境では、働きある男が芸者遊びをしたり妾《めかけ》を持ったりすることは、珍しいことではなかったのだ。敬作は呆気《あっけ》にとられて安代を見た。安代はうろたえていった。

「あの、芸者遊びでもして来なさったら気が晴れるんやないかとおもて……うちのお父さんもクサクサすると、ようそんなことをしておりましたもの……」

「バカ」

敬作はいった。それから思わず苦笑してもう一度、

「バカ」

といった。彼は立ち上って軍服に着かえ、階段のほうへ行きかけて、ふいにふり返って安代を抱いた。彼は何もいわなかったが、安代はもうそれだけで忽《たちま》ち日頃の心配がかき消えて行くのを感じた。

安代は夫の憂鬱の原因を訊くことも忘れて、夫の腕の中で笑いこけた。夫が出て行った後、安代は二階へかけ上り、手をひらひらさせながらそのへんを飛びまわった。彼女は笑い、ひとりで笑っている自分がおかしくて、いっそう笑いこけた。

大竹の町には暖かな冬が来て、穏やかな日射しはゆるやかに流れる木野川や、そこで菜《な》を洗う人の姿や、葱《ねぎ》畑や大根畑や、その間に作られた海兵団への新しい白い舗装道路などを静かに照らしていた。そしてそれらの景色の中に、敬作の実地訓練の期間が、一日一日と縮まって行った。安代は日に一度はそのことを思うようになった。海軍では成績のいい者ほど、戦果を挙げることの出来る激戦の場へ派遣されるのだ。誰に教えられたともなく、安代はそんなことを知っていた。だが敬作と安代の間では、戦争の話は不思議と出なかった。特に意識して避けるというよりは、そんな話題を持たないという習慣のようなものが、二人の間に出来ていたのだ。戦争は安代の遠くの世界で行われていた。戦争と安代との間に、敬作が立ちはだかっていたのだ。

「昨夜、君の夢を見た。君が泣いているので女々しいと思って立ち上ったんだ。それで目が覚めた」

突然、敬作がそんなことをいった朝、はじめて安代は、戦争が敬作を乗り越えて安代に向って驀進《ばくしん》して来るのを感じた。敬作は戦争という言葉を使ったわけではなかったが、安代にはそのとき一瞬、戦争という黒い大きな波の中にばらばらに呑み込まれて行く自分たち夫婦を見たような気がしたのだった。

安代が川上大尉の夫人と親しくなったのはその頃である。川上大尉というのは敬作より二期先輩に当る大尉で、どことなく軍人らしくない色白で平らな顔をした士官だった。噂によると彼はまだ一度も戦闘に出たことはなかったが、それは練習艦隊で練習をしている間に艦をぶつけて破損させるので、その修理に追われて戦闘に出る暇がないのだということだった。川上夫人は安代より一つ年下で、京都の出身らしい、人形のような美人だった。京都の育ちであるにも拘《かかわ》らず、驚くほどきれいな東京弁を使い、小さな手を小さな口にあててよく笑った。

「ねえ、早く戦争なんか終ってしまえばよろしいのにねえ。もうあたくし、こんな生活、あきあきしてしまってよ」

彼女はそんなことをいって安代を驚かせた。

「日本はもうとても勝つ見込みなんかないんですって。国民に勝っているふりをしているだけなのですって。何しろ最初はダマシ討ちみたいなことで勝ったんですものねえ、アメリカが立ち直れば物量からいったって日本なんか……」

川上夫人は手を口にあてて首をすくめ、

「でもこんなお話、加納さまには内緒よ」

と笑うのだった。

はっきりいって、安代は川上夫人が嫌いだった。夫人のなよなよとしたところ、鼻も口も手も足もすべてが華奢《きゃしゃ》で小さいこと、ぬけるように色の白いこと、いつも笑っているような、目尻のやや下った細い目。だが安代はその気持を隠していた。敬作は交際している士官や夫人たちに対して、好き嫌いをいうことを許さなかったからである。川上夫人は毎日のように安代のところへやって来た。

「神田大尉ったら、それはいやらしいのよ。いつだったか、寝台車で御一緒になったら、上の寝台から私の寝台をのぞいてニタリと笑ったり……ところが戦闘に出るとあの方、優秀なんですってねえ。もしかしたら今に軍神におなりになるかも……」

安代は、そんな話に胆《きも》をつぶした。そのころの安代には海軍の軍人が人の妻に対してそんなことをするなどとは夢にも思えなかったのだ。

ある日、川上大尉が出張で横須賀へ行った日。夫人はやって来て、こんなことをいった。

「あたくし、今夜ここへ泊って、加納大尉と奥さまの間、邪魔してあげようかしら」

「まあ、面白いわねえ」

と安代が調子を合せて答えると、川上夫人はすぐさまいった。

「ほんとう？　あたくし、お二人の間にやすんでよくて？」

「どうぞ、真中でもどちら側でも」

安代はいった。まさかその言葉を本気でとるとは思わなかったからである。すると川上夫人は手を打って、

「いやだわ。加納さま、どちら側でもですって」

と笑い出すのだった。川上夫人は安代が夕飯の支度をはじめても帰ろうとしなかった。敬作が帰って来ると、夫人は安代より先に階段を下りて、内玄関に三ッ指をついていった。

「お帰りあそばせ」

それから彼女は芝居のように、三ッ指をついたまままちょっと小首を傾け、敬作を見上げるとにっこりしていった。

「あたくし、今夜は奥さまの代理をつとめさせていただきますのよ。なにとぞよろしく」

夫人は敬作から短剣を受けとり、それを胸の前に抱くようにして、トントントンと軽やかな足音を立てて階段を上ると、安代の手から着がえの丹前をすらりと取って敬作の後から着せかけた。

夕食がすむと安代は次の間に布団を三つ敷いた。川上夫人は真中に寝るといったが、本当にそうはしないだろうという気持が彼女にはあったのだ。しかし安代が洗い物をすませて二階へ上ってみると、敬作は一番向うの布団に入って本を読んでおり、長襦袢《じゅばん》姿の川上夫人はちゃんと真中の布団の中に寝ているのだった。

「お先に」

と夫人は安代を見ていった。

「あたくし、何だかとても疲れてしまったわ、おやすみなさい」

そういって夫人は目を閉じ、まるで嘘のように寝息を立てて眠ってしまったのである。

翌朝、敬作が朝食をすませて出かけてしまった後で、川上夫人は起きて来た。彼女はゆっくり朝食をしたが、その途中でふいにクスクスと笑い出した。

「加納大尉って面白い方ねえ」

彼女はいった。

「ほんとに面白い方だわ。でも男ってみんなあんなものなのねえ」

川上夫人はまたクスクスと笑った。

「あのねえ、加納大尉ったら、ゆうべ、あたしのお腹を撫《な》でに来られたのよ……」

その言葉を聞いた瞬間、安代は一瞬目がくらんだ。そんな馬鹿な、と思った。安代はそれから川上夫人がどんな風にして帰ったのかわからなかった。彼女は半日以上も火のない火鉢の前に坐っていた。それは嫉妬ではなかった。裏切られたといった感情でもなかった。どうしてよいか彼女にはわからなかった。本当にどうしてよいかわからなかったのだ。

いつもの時間に敬作が帰って来たとき、安代はまだ暮れかけた部屋の中にじっと坐っていた。敬作が声をかけると、いきなりこういった。

「あなた、川上大尉は出張からいつ帰られます?」

「今日帰った筈だ」

敬作が答えると、安代は待っていたようにいった。

「あなた、川上大尉に謝罪に参りましょう」

彼女は真剣そのものだった。彼女はいった。

「あたくしもお供します……」

それは川上夫人が帰ってからその時間までの間に、彼女が漸《ようや》くたどりついた結論だったのだ。はじめ彼女は里へ帰ろうと思って荷物をまとめた。それから呉の中佐夫人のところへ相談に行こうかとも考えた。だが何をしたところで、彼女にはもうはじまらないように思われた。彼女にはそのことが何とも口惜しく悲しかった。

「恥知らず……」

一度だけそっと、彼女はそう声に出して呟《つぶや》いてみた。だがその言葉を口にしたとたんに、彼女は激しい後悔に襲われた。その言葉は誰よりも先に彼女自身の中にもぐり込み、彼女の心に鋭い歯を立てたのだ。

「本当でございますか、本当のことなら是非とも御一緒に謝罪に参りましょう。ふとした過失とか、気の迷いとかいうことで、あたくし、すませとうないんです」

安代は敬作に向って読本《どくほん》を読むようにそういった。

「どんな小さなことでも、立派に償いをするべきやと思います……」

安代の意気ごみに敬作はいささか閉口している様子だった。

「たしかに俺は悪かったよ」

困ったように彼はいった。

「しかし、俺は間違えたんだよ、隣に寝ているのは安代だと寝ぼけてそう思ったんだ。それで手を伸ばしたら、いきなりその手を摑んで放さないんだ。そしてあの人が自分で導いて行ったんだよ。だが、それだけだよ。誓っていうよ。それ以上何もしない……」

そんなことはどっちでも同じだ、と安代は思った。間違えたとしても間違えなかったとしても、夫が川上夫人のお腹をさわったという事実は打ち消すことの出来ない事実だった。――日本は戦争に負けるかもしれない。突如として彼女は思った。そして彼女は突然夫に向っていった。

「日本は今どうなっていますの？　本当に勝ってますの？　負けてるんやないんですか？　本当はどうなんですの？」

「気持を落ちつけてくれ、安代」

驚いて敬作はいった。暫くの間彼は心配そうに安代を見つめた。安代もじっとその目を見返した。やがて敬作は決心したようにいった。

「では行こう。川上大尉の家へ行って謝罪しよう」

敬作は外出用の大島を着て袴《はかま》をはいた。安代も紋つきの羽織を着た。そうして二人は夕食もとらずに川上大尉の家へ出かけていったのだ。

二人が行くと、黄色っぽい女のような丹前を着た川上大尉は、その白い顔にえくぼを見せて二人を迎えた。頭にクリップをくっつけた夫人は、にこにこして出張土産の餅菓子をすすめた。敬作は畳に手をつき、頭を垂れていった。

「昨夜は大尉夫人に対して大へん申しわけのないことをいたしまして」

だがそのとき、川上大尉は慌てたように手を上げてそれを遮った。

「いや、家内から聞いておりますが、すべてを水に流しましょう」

川上大尉のおたまじゃくし型の小さな目は性急に瞬《また》きをし、頬のえくぼは現れたり消えたりした。彼はそれ以上、敬作に何もいわせまいとするように将棋盤を持ち出した。夫人は何ごともなかったかのように、取っておきのパイナップルの罐詰やチョコレートを出して来て歓待した。

帰り途、大戸を下ろした街筋を歩きながら、安代は川上夫人に手を伸ばしたのは、

敬作が安代と間違えたためであったことを、川上大尉に説明することが出来なかったことを残念がった。すると敬作は憮然《ぶぜん》として、

「説明してもしなくとも、同じことだ」

といった。

4

昭和十九年六月十五日、アメリカ軍はサイパン島に上陸した。七月十八日、大本営はサイパン島の我が部隊が七月七日早暁より全力を挙げて最後の攻撃を敢行した後、十六日までに全員壮烈なる戦死を遂げたと発表した。もう国民の誰もが、その現実を直視しないわけにはいかなくなっていた。本土が戦場になるのも時の問題、などという新聞記事が大見出しで出た。サイパン占領によってアメリカ軍は日本本土空襲の基地を得たのである。

安代が妊娠に気がついたのは、そんな時だった。敬作が何度目かの出航から帰ったばかりで、二人は安代の実家に身を寄せていた。既にその時、安代は妊娠五ヵ月に入ろうとしていた。その時まで妊娠していることに気がつかなかったのは、いつも敬作が出航するたびに起る憂鬱や激しい感情の起伏の中に、つわりの徴候がまぎれ込んでしまったためだった。彼女は敬作が帰って来たのにも拘らず、気分が優れないことを不思議に思った。それからやっともう長い間、月経がなかったことに気づいたのだった。

敬作は安代の妊娠を知って、無表情に、

「そうか」

といっただけだった。安代はもうずいぶん長い間、夫の笑い顔を見たことがないのに気がついた。彼は帰還してくるたびに陰鬱さが深くなって行くようだった。元来が無口で無表情な人間だったが、今ではまるで自分でもどうすることも出来ない孤独な怒りの中にたてこもっているような感じだった。六月と七月にはじめてB29

の編隊が、九州の八幡製鉄所や佐世保軍港を爆撃したとき、

「非戦闘員がやられるのは、我々の責任だ。申しわけない」

と一度だけそう呟くようにいったことがある。生活の困苦はもう、一般国民も軍人も変りなく押し寄せていた、窓に垂らした不吉な黒い遮光幕、日盛りの下のみすぼらしい配給物の行列、痩せこけていやな顔色をした応召兵士、品物のない店先。その頃にはあちらでもこちらでも海軍の同期生や先輩、後輩の戦死の公報が入り、それはまるで射的の弾に当って次々と消えて行く人形のようであった。そして海軍の留守家族の間に、こんな噂が流れていた。夫が出撃に出たその留守に生れた子供が女であった場合は無事に帰還するが、男であった場合は戦死するという噂である。事実、不思議とそういう例が安代の周囲には多かった。男の子は父の身代りとなって生れてくるのだ。人々はそのことをそういっていた。

そんなある日、昼食の席で安代の母と敬作が激しい口論をした。安代の母がこんな戦争をはじめた軍部の不明について愚痴をこぼしはじめた。それに対して敬作は

かつて見せたこともない荒々しい声できめつけるようにいった。

「そういう言葉は今、いう時ではありません」

母は気色《けしき》ばんで敬作の無智を笑った。敬作は箸を投げるように置いて叫んだ。

「必然があったのです、必然が……」

そこまでいって、彼は後をつづけることが出来なかった。その顔は腫れ上ったようにに真赤だった。膝に置いた拳の慄えを押えようとして、彼はじっと肩に力を入れ、うつむいていた。母は居丈高《いたけだか》になっていた。

「貧乏人がいくら刃向うたとて、金持に勝てるわけがありませんがな。丁稚《でっち》のストライキの方がまだましや」

いきなり敬作は立ち上った。そうして母に向って吐き捨てるようにいった。

「非国民！　あなたはそれでも日本国民ですか……」

彼は大股に部屋を出て行こうとして、気がついて安代をふり返った。

「親を選ぶか夫を選ぶか、君の心に任せる。よく考えた上で、来るのなら前田屋にいる」

敬作が発って行った次の汽車で、安代は夫を追った。妊娠中の安代の身を案じておろおろしている母に向って、玄関を出て行きながら安代はこんな言葉を投げつけた。

「お母さんの非国民！　国賊！」

呉への汽車に揺られながら、このまま流産してしまったら、子供が敬作の身代りとなって、敬作は不死身の軍人になるかもしれないと、そんな考えがふと安代の頭をかすめた。

二人は再び中佐の離れを借りた。がそこは前とちがって出撃するにも艦がなく、ただ命令を待ってごろごろしている独身士官たちがいっぱいだった。彼らは酒をのみ、大声でさらばラバウルよ、と歌い、中佐はただ苦りきって部屋に閉じこもっていた。

敬作が最後の戦闘に出たのはその年の十二月も押し詰った日のことである。安代の出産予定日は十日後だった。十二月二十六日の夕方、敬作は軍港から帰って来ると、壁に帽子を懸けながらいった。

「明日出ることになった」

思わず安代は咎《とが》めるように敬作を見つめた。それから目を逸《そら》し、こう思った。――あと十日で生れるのに――だが彼女は何もいわなかった。黙って彼女は台所に立った。何回くり返してもこの瞬間の、ふいにつき落されたようなショックには馴れることが出来ない。ああもう我慢も限度に来た、と安代は流しの前に突っ立ったままもの狂おしく思った。こんな思いをくり返すくらいなら、いっそ敬作が死んでしまった方がいい――安代は夫にそういいたかった。そうしたらどんなにさっぱりするだろう。

しかし安代は大急ぎで赤飯を炊いた。今までも出発の前夜は赤飯を欠かしたことがなかった。その日のために小豆《あずき》は常に用意してあるのだったが、それは結婚して間もなく中佐夫人から教えられたことであった。用意してあった小豆は丁度その日の分でおしまいだった。そのことが安代に不吉な予感を与えた。

「丈夫な子供を産んでくれよ。男の子を頼む」

彼は珍しく笑顔を見せて安代を見た。

「ふたごの男なら尚いいな」

彼はそういい、いつかその美しさが安代には悲しみしか呼び起さなくなってしまった、彼女の好きな白い歯並びを見せて、久しぶりに声を上げて笑った。安代は反射的に顔をうつむけ、思わずうつむいてしまったことをとり消そうとして、急いでいった。

「大丈夫よ。わたし頑張ります」

それは敬作の出航のたびに安代がいうきまり文句だった。今は彼女はその言葉しかいえず、それ以外の言葉は何も思い浮かんで来ないのだった。

翌朝、敬作はいつものように出て行った。彼女は上り框《がまち》に手をついて、いつものように、

「行っていらっしゃいませ」

といった。格子戸は開き、すぐ閉ざされた。そのとき安代の心に、男児が生れたらその父は戦死するという例の風評が、ぱっと閃《ひらめ》いた。そんなことが……、安代は思わずそう思った。そう思わずにはいられなかった。その風評が、ではなく、自分が男の子を産むかも知れないということが、である。

子供が生れたのはその二日後だった。予定より一週間早く陣痛が始まったのは安代が二日間というもの、あまりに激しく泣き明したためだった。

「女の子が生れますように。女の子が生れますように……神さま、神さま、どうか女の子をおさずけ下さい……」

陣痛の合間合間に安代はお経のようにそう唱えた。

「あなたは顔が穏かですから、きっと女の子よ」

そのたびに中佐夫人がそうくり返した。今では中佐夫人は、もう以前のように武人の妻のたしなみを云々しなくなっていた。呉市はもう数日ぶっ通しの警戒警報の中にあった。母に電報を打ったが、汽車の切符が買えず母は来られなかった。丸一日の苦しみの末に子供は燈火管制の暗い灯の下に生れ出た。その産声《うぶごえ》を聞くやいなや安代は叫んだ。

「どっち？　男？　女？」

「女の子さんですよ」

すぐに老夫人のやさしい声がいった。

「安心なさい、女の子よ」

だがそのとき安代の足もとの暗がりの中から、産婆のひそひそ声がこういうのが安代の耳に入った。

「やあ、下げてなさる――」

安代はばね仕掛のように起き上って、わけのわからぬ悲鳴を上げていた。それは、

「ひゃア、ひゃア」

というような声だった。安代は両手で畳を叩きながら叫んでいた。

「ウソつきイ！　ウソつきイ……」

彼女は押えようとする老夫人の手を、風車のようにふり廻した手で叩き返した。

「男やね。男やね。なんでウソついたんです、アホ、アホ、アホ……」

今まで押えに押えていた結婚以来の忍耐のバネが、今ふっ飛んでしまったかのようだった。安代は声をはり上げた。老夫人はそれに負けぬ声を出して一喝した。

「お黙りなさい。女の恥ですぞ！」

それでも安代は黙らなかった。彼女は足を押えに来た産婆の手を蹴飛ばした。

「いらん！　いらん！　そんな子、いらんいうたらいらん！……」

しかし、やがて彼女は静かになった。死んだように彼女はいつまでも黙っていた。

そしてそのときから、彼女の中で彼女の夫は死んでしまったのである。

敬作から便りが来たのは、安代が夙川へ帰って間もなくである。葉書に大きな字でこう書いてあった。

「たとえ身は南海の藻屑《もくず》と消えるとも、我が生涯に悔はなし。葬式は戦争が終結後にすべし。安産を祈る」

　もう二月だった。東京は頻々《ひんぴん》と空襲を受け、関西方面にも偵察機が姿を現しはじめていた。二月十九日、アメリカ軍は硫黄《いおう》島に上陸し、フィリッピンの各地で日本軍は敗退しつつあった。やがてマニラは占領された。又ビルマ戦線でも日本軍は敗退しつつあった。この次は沖縄がねらわれ、その次が本土の番だった。三月に入って、東京の大空襲の恐怖が伝えられた。一夜のうちに八万の人が焼死し、死体はトラックに山のように積まれて運ばれているということだった。B29という途方もなく大きな飛行機は、サイパン島からひと飛びに日本本土へやって来ることが出来るのだ。

　安代の母は衣類を疎開したり米や砂糖や醤油などの買い溜めをするのに、殆ど半狂乱のようになっていた。姉たちは毎日庭に穴を掘り、買い溜めた食糧を埋めたり、取り出しては日に当てたり、調べたり又しまったりしながら、警報が鳴り響くたびに死物狂いの声を出して子供たちを呼び集めた。どこへ行っても人々が、一刻をも惜しむようにせかせかと歩いていた。皆、飢えて痩せていた。戦況のことなんかもう誰も考えていないようだった。五月、神戸と大阪が空襲された。

里へもどってからの安代は、子供に乳をやることを拒んで、毎日、泣いてばかりいた。事実安代はその子が憎くてたまらなかったのである。

「こんな子、死んだ方がええのや」

と彼女はいった。

「今のうちに死んでくれたら、ひょっとしたらあの人がもどってくるかもしらんわ」

神戸が焼けたと聞いた翌日、彼女は子供を家に置いて焼跡を見物に出かけたまま夜まで帰らなかった。彼女はバスが通っているのにわざと歩いて行った。神戸市は見ごとに焼失していた。焼跡は黒くひろがり、ただそれだけだった。安代の知っている喫茶店も洋服屋も皆、なくなっていた。覚えている町角も道筋もなかった。それを見ているうちに突然、安代は声を上げて笑った。何もかも、全く見ごとに、きれいさっぱりと消え失せていることが、急にたまらなくおかしくなったのだ。彼女は空襲警報の出ている中を、ゆっくり歩いて帰って来た。帰って来ると、泣き疲れてぐったりした赤ン坊を抱えた母が、同じようにぐったりした顔で夕もやの立ちこめた門の前に立っていた。

「この子があの人を死なしたんやわ。そやからわたしがこの子死なしてやるんや。乳なんかやらへんわ」

安代はいった。しかし彼女の乳房はいっぱいに張りきって青い筋を立て、ひとりでに噴き出してモンペの胸元を濡《ぬ》らしていた。彼女は子供に乳房をふくませた。犬の仔のように首をふって、むしゃぶりついてくるその小さな口を、安代はひねりつぶしてやりたいようないらだちと悲しみにさいなまれながら見つめた。やがて子供が満腹して眠りに落ちると、母は大事なものでも取り返すように、大急ぎで抱き去って行った。

三月に入ってから、日を追うにつれて日本の主要都市は次々に爆撃を受けはじめていた。硫黄島は遂に奪われ、アメリカ軍は沖縄に上陸を開始していた。五月だった。安代はもう夫を待っていなかった。敬作が出てからもう五ヵ月経っていた。夫の安否を気づかう人々から聞かれると、安代は必ずもう死んでしまったもののように答えた。母や姉がそれをなじると、彼女は噛《か》みつくような顔をして、

「ほっといて!」

と怒鳴った。

敬作の戦死の公報が入ったのは、六月三日である。

「二十年三月二十一日、内南洋方面にて戦死す」

その公報は鹿児島の敬作の老父から送られて来た。安代はそれを読んだ。家族の者が息を潜めるようにして自分を見つめているのを感じると、いきなり立ち上り、子供の手や足を木綿針で引っ掻いた。母が安代をつき倒し、今まで聞いたこともないような声で、

「気ちがい!」

と叫んだ。安代はわめいた。母は子供を抱えて二階へ逃げて行ったまま、なかなか下りて来なかった。それでも授乳の時間がくると、母はおそるおそる下りて来、安代は子供に乳をやった。

八月、安代の家は焼夷弾《しょういだん》を受けて全焼した。アメリカ機はその三日前に、近辺の町を爆撃するという予定のビラを撒《ま》いていたが、その予告通りにやって来たのだ。彼女は夢中で子供を背負って、雨のように降って来る焼夷弾の下を逃げた。彼女は家族の者とはぐれ、町外れの田圃の畦《あぜ》に坐って子供を背から下ろした。遠く燃え上る町の焔《ほのお》を見ながら、彼女は子供に乳をやった。子供は半年の間に、目と額が敬作そのままになっていた。彼女は子供をあやした。今はじめて彼女は、子供と二人きりでそこにいるのだった。そう思うと涙が溢れた。彼女は子供に頬ずりをしかけたが、子供は彼女の手の中でむずかって身を反らした。彼女があやせばあやすほど、子供はいやがって足をつっぱり身体をのけぞらせた。安代はカッとして子供を打とうとした。だがその手を押しとどめる者がいないことが、ふり上げたその手を鈍らせた。

そのとき安代は二十二歳であった。安代がそれからなお二十年も生きつづけることが出来るとは思えないような二十二歳であった。

広島に原子爆弾が投下されたのは、それから三日後である。

オンバコのトク

1

小村徳太郎は小村トメの息子である。

兄に英吉がいる。

その他に木田英四郎という兄と、タマという姉がいる。木田英四郎とタマの父親は木田英助である。

英吉と徳太郎の父親は誰かわからない。

徳太郎には妹もいる。しかし妹の名前はわからない。妹の父親の名もわからない。

小村トメはこの町では「オンバコ」と呼ばれている。

いつから「オンバコ」と呼ばれているのか、「オンバコ」とはどういう意味なのか、誰にもわからない。徳太郎にも英吉にもわからない。「オンバコ」にはわかっていたのかどうかもわからない。

徳太郎は「オンバコのトク」と呼ばれている。「オンバコのトク」とは「オンバコのところの（オンバコに所属している）トク」という意味であろう。しかし英吉はただ「エイケチ」もしくは「エイケツ」と呼ばれるだけである。英吉も徳太郎と同じくオンバコの息子であるが、「オンバコのエイケチ」とは呼ばれていない。

小村トメの母親は天草の人間だという。名前はわからない。

徳太郎はこの祖母のことを「うちのマゴばあさん」という。徳太郎は祖母の名前を知らない。年も知らない。

小村トメの父親の名もわからない。トメも徳太郎も英吉もそれを知らない。

小村徳太郎は大正九年に生れた。

生れた月日はわからない。

生れた場所は北海道ウララ郡ウララ町チキシャブのオニゴロシの浜だという。しかし「オニゴロシの浜」という名の浜は、ウララ町の地図を探してもどこにもない。

古老に訊《き》いても、

「知らね」

という。

「ウララ町にはババゴロシという地名はあるが、オニゴロシというのは聞いたことねえ」

と古老はいう。

オニゴロシはババゴロシの間違いではないかという人もいる。ババゴロシはウララ町から北東のニシュウチヤへ向う山の中である。昔、出稼ぎに出た息子の後を息子恋しさの一念で追って行った老婆が、山道に迷って谷底に墜死した、その場所をババゴロシというのだ。

徳太郎はチキシャブのオニゴロシの浜の、ドングリの葉蔭で生れたといわれている。この地方ではイタドリのことをドングリという。

太平洋から吹き上げる上風《かみかぜ》と、アポイの山から吹き下ろす下風《しもかぜ》に揉《も》まれて、この町の海岸沿いには樹木らしい樹木は育たない。風に痛めつけられて屈《かが》まった柏《かしわ》の木と、ばかでかい葉を粗々しく重ねているイタドリばかりが生い茂る。

そのイタドリの葉の重なりの蔭で、徳太郎は生れたという。たまたま昆布拾いに海岸へ来た老婆が赤子を産んでいるオンバコを見つけ、そのへんに転がっていた欠茶碗《かけぢゃわん》を拾って臍《へそ》の緒を切り、イタドリの葉っぱに包んで渚へ行って海の水で洗った。それから自分の腰巻を外し、それで赤子を包んで連れて帰った——。

それが徳太郎の誕生について知られているすべてである。徳太郎という名は誰がつけたのか、わからない。

その老婆もどこの誰か、わからない。

徳太郎がどんな子供であったかを知っている人は誰もいない。徳太郎には幼な友達というものが一人もいない。彼は小学校へ上っていない。

オンバコは年中、徳太郎を背中に背負っていた。片時も離したことがなかった。

徳太郎はまるで、オンバコの背中に出来た瘤《こぶ》のようだった。

嵐の日、吹雪の夜、誰も泊めてくれる人がいない時は、馬小屋や橋の下で寝た。オンバコは背中から徳太郎を下ろしてしっかりと懐《ふところ》に抱いた。そのオンバコとトクの背中には氷が張った。

オンバコは徳太郎にいった。

「お前はアタマいいんだから、ガッコ行かなくてもいい。オレがおぶって歩くんだから」

オンバコは徳太郎が歩けるようになってもまだ背中に背負っていた。それで徳太郎は海辺に育ったのに泳ぐことが出来ない。読み書きも、数の計算も出来ない。時計を見ることも出来ない。

学校へ行く年になってもオンバコはまだ徳太郎をおぶっていた。

ウララ小学校の工藤先生は徳太郎にいった。

「小村徳太郎、明日からガッコい来なさい。私が本も帳面も買ってあげるから、家へ帰らないで、小使いさんと一緒にガッコへ泊ってもいいから、これから一年生の生徒として一番おっきな生徒と一緒に坐りなさい」

そのとき徳太郎は幾つだったのかわからない。

徳太郎が学校へ行くと、オンバコは徳太郎を探しにやって来た。徳太郎は運動場を逃げ廻り、便所の中に隠れた。授業時間になるとオンバコはひとつひとつ教室を覗《のぞ》いて廻った。といっても教室は全部で三つである。

オンバコは徳太郎を見つけた。

「この野郎、また生徒ン中入ってナニしてんだ！」

徳太郎は教室から引きずり出されて、殴られた。

町の子供たちは徳太郎を見ると、

「ヤーイ、ヤーイ、ホイトッ子！」

と悪態をついた。オンバコは、本気で怒ってどこまでも子供を追いかけた。

「このショッタ者《モン》が！」

拳《こぶし》をふり上げて威嚇《いかく》した。

徳太郎の姉のタマは誰にも相談しないで、芸者になって祭の山車《ヤマ》に乗った。

「オンバコ、あんたの娘、山車に乗ってるよ」

と町の女がいったので、オンバコは怒って海の中へ入って行った。

「なーに、誰が止めたって、上らね」

そういって、どんどん入って行った。

タマは、

「なーに、誰が何したって芸者やめね」

といった。

オンバコは臍まで海の中に入ったが、死ぬのを思い止《とど》まって上って来た。

「芸者なんぞになって、オラ、恥かいた」

とオンバコはいった。

戦争が始って徳太郎がエトロフ島へ行くことになった時、オンバコは、

「ヘイタイさん、ご苦労さん！」

といって徳太郎に敬礼した。徳太郎はどうしても兵隊に行きたかったのだが、

「お前じゃ兵隊に行ってもテッポ撃てないべ」

といわれて、エトロフ島へ雑役に行かされることになった。

「おっかさん、オレ、ヘイタイに行くんでないんだよ」

徳太郎は訂正したが、オンバコは、

「ヘイタイさん、ご苦労さん！」

とまたいった。徳太郎は、

「ではおっかさん、行くがー……」

といって、オンバコと別れる悲しさに涙をこぼした。

徳太郎はエトロフ島で穴を掘ったり、守備隊の病兵の看護をしたり、屍体《したい》を海岸で焼いたりした。しかしそこはエトロフという島だったか、クナシリだったか、本当はよくわからない。

マゴばあさんが死んだのは徳太郎が幾つの時のことだったか、わからない。

オンバコが亡くなったのも、幾つの時だったかわからない。

英吉も死んだ。

妹はどうしているのかわからない。

徳太郎は一人で、チノミウリの鉄橋の下に住んでいる。

2

徳太郎はシリエトの秋祭で「東京の女」と出会った。

東京の女が何者なのか徳太郎は知らない。名前も年も知らない。東京から何の用があってこのウララへ来ているのかもトクは知らない。

「トクさん……」

東京の女は徳太郎の名前を親しそうに呼んだ。

「この間、市丸で会ったわね。私のこと憶《おぼ》えてる？」

徳太郎は、

「うん」

といって横を向いた。

「ほんと？　憶えてるの？」

「うん」

横を向いたまま返事をした。

市丸というのはウララ町の官庁街ともいうべき「ウララ十字路」のバス停横のヤキトリ屋である。役場へ福祉の金を貰《もら》いに行った帰り、徳太郎が自転車を押して市丸の前まで来ると、店の中から声がかかって徳太郎は呼び止められた。

呼び止めたのは市丸の主人の市丸五助である。イカの足があるから持って行かねか、といった。昔、徳太郎は市丸五助の父親の多助に可愛がられて、イカの足をよく貰った。イカの足が頭よりも好きだというわけではない。

「トク、イカ食うか?」

といわれて遠慮して、

「足がいい」

と答えた。それからというもの、市丸では息子の代になっても徳太郎を見ればイカの足をくれる。

店の中に入ると、カウンターの椅子《いす》に、白い帽子をかぶった女が腰をおろしていた。五助がイカの足を焼くのを待ちながら、徳太郎が見るともなしに見ていると、女は生ビールを飲み、口に咥《くわ》えたヤキトリの串《くし》を横に引きながら徳太郎を見た。

「この人が有名なトクさん?」

女は馴《な》れ馴れしくいった。

「太鼓の天才って、あなた?」

女は徳太郎の思惑には取り合わずにいった。

「一度聞きたいわ。トクさんの太鼓……」

徳太郎が黙っているうちにイカの足が焼けたので、徳太郎はそれを新聞紙に包んで貰って市丸を出た。

「そのうち、太鼓聞かせてね」

という涼しい声が耳の中に流れ込んだ。

東京の女は今日もこの前と同じ白い正《しょう》チャン帽をかぶり、黒いズボンに白いセーターを着て、シリエト神社の鳥居の前に立って笑っていた。

「今日、ここのお祭だからトクさんが太鼓叩《たた》くんじゃないかなと思って、来てみたのよ」

女はいった。

「太鼓叩く？」

徳太郎はいった。

「いや、叩かね」

「どうして？」

「叩かなくてもいいっていうんだ」

「誰が？」

「神社にいる人だよ」

「神社にいる人？　神主さん？」

「そうじゃあないよ」

「じゃあ誰？」

「誰だがしらねけど、太鼓叩かなくていいっていうんだよ」

徳太郎は女の方を見ないようにしながらそれだけいった。

「どうして？　どうしてそんなことをいうのかしら。なぜトクさんに叩いてもらわないのかしら」

「叩かなくてもいいってね。そういうんだよ」

女は徳太郎より背が高い。徳太郎はちらっと女の顔に目をやって逸《そ》らした。

シリエトはウララ町の西の外れに近い、小さな漁港を持つ百軒ばかりの漁民の集落である。ウララ町の秋の祭礼は、九月の初めから中旬にかけて、各集落ごとに順を追って行われ、最後は九月十五日のウララ神社の大祭で秋の祭礼はすべて終了する。

シリエトの祭の前日は、シリエトの東隣の集落、イカタイの祭礼だった。そしてその前はシリエトの西の隣、オニウスの祭礼があった。徳太郎はイカタイでもオニウスでも太鼓を叩いた。エプエとムコチでは叩く太鼓が備えられていないので叩かなかった。

シリエトに太鼓がないわけではない。だがシリエト神社で供え物のアキアジを三方《さんぼう》に乗せるために、半紙の皺《しわ》を伸ばしていた親爺《おやじ》は、向うを向いたまま徳太郎にいった。

「今年は太鼓は出さね」

「どしてだあ?」

「倉庫から出すのがメンドくさい」

シリエト神社は街道に沿った新築の神社である。二年前に新築するまでは、現在の社《やしろ》の背後の山の上にあった。下から社まで行くのに、百十段の石段を上らなければならない。それを億劫《おっくう》がって参詣する漁民が少くなって行くので、自治会長が思案した結果、社を下の街道沿いに下ろすことにしたのである。

新築の社は街道に向ってコンクリートの鳥居が立ち、細い玉砂利の参道が真直に通っているその奥にある。社の規模に較べて、鳥居は立派すぎるかもしれない。賽銭箱《さいせんばこ》はなくて、社の開き戸に郵便受のような口が開いている。社の開き戸には平素は大きな南京錠が掛っているが、今日は左右に開け放たれ、中で七、八人の漁師が車座になって酒を飲んでいるのが見えた。

秋祭にふさわしい晴れ上った日である。海の青と空の青は、子供の貼絵のように単純な濃淡に分れ、それぞれの青さで光っている。街道を挟んで向き合う低い家並は、祭礼の提灯《ちょうちん》とか菊の造花を門口に懸けて、午《ひる》近い太陽の真下で静かである。若者たちの神輿《みこし》の声が低い家並の背後からワッショイッワッショイッと聞えて来るが、姿はまだ現れない。

「トクさん、神社でお神酒《みき》いただいた？」

東京の女はあやすような声で訊《たず》ねた。

「いや、飲まね」

徳太郎はまだ横を向いたまま答える。間を置いて少ししゃべった。

「昨日はイカタイの祭だったんだ。イカタイで、『トクさん、太鼓やってくれ』っていうもんだからね、一日叩いて、夜、酒飲ましてもらって今朝になったんだ。うちへ帰るのも面倒《メンド》だからと思ってそのままここへ来たら、昨夜《ユンベ》の宵宮で飲んだ湯呑だの皿だの、ひとりで片づけているじいさんがいたから、可哀そに思って手伝ったんだよ」

「そうなの、それはご苦労だったのねえ」

女は母親のようにいい、

「手伝ったのにお酒、飲ませてくれないの？」

「イカタイじゃ、て（い）っぱい飲ませた上に、小豆《あずき》の握り飯《ママ》も食え、それ、秋アジの鍋も食えってね。そんなにいっぺんに食えねえから、握り飯《ママ》三つ、新聞に包んで持って来たのをここで食ったんだ」

「お茶は？」

「お茶なんかないよ」

女はいった。

「いいわ、待ってなさい。トクさん、私が行って何か貰って来るわ」

「いいよう、そんなものオレ、飲みたくねえよ」

トクはいったが東京の女は、砂利道を走って行き、社の段々の下から中の男たちにいった。

「すみませんけどねえ、お酒少し下さいよ」

「酒か、いいよ、やるよ」

「なんぼでも飲めよ、樽《たる》ごとやっか」

「ここへ上って飲めばいいよ」

「いいの、向うで飲むから。それから肴《さかな》も何かちょうだい」

「イカの刺身がある。これ持ってくか。焼いたのもあるぞ」

「両方ちょうだい。浜で飲むの。その方が気分がいいんだもの」

東京の女と漁師たちが、そんなふうに大声にいい合うのが徳太郎の耳に聞えて来た。女は両手に五合瓶と湯呑と、イカの入った紙皿を抱えて戻って来た。

「トクさん、貰って来たわ、ほら、浜へ行って飲まない？」

「うん……でも、オレ……いいよ」

「遠慮しないでよ。折角もらって来たんだから……」

「うん」

東京の女は街道を横断し、漁師の家と家の間を縫って、砂浜へ出た。その後ろから徳太郎はついて行った。東京の女はひと月前の暴風雨が運んで来た、砂浜の埋れ木に腰をかけた。

「さあ、トクさん、飲みましょう」

「うん」

徳太郎は女の足許《あしもと》から少し離れた砂の上に坐って、女とは反対の方に顔を向けている。女は湯呑に酒を注いで徳太郎に渡した。

「お刺身もあるよ、ほら」

徳太郎は湯呑を受け取って大事そうに顔をさし出し、唇の真中でほんの少しチュッと酒を吸い上げた。

「あーあ、いーい酒だなあ……」

思わず溜息をついた。そしてまた、飲むのを惜しむように、そーっと湯呑に口を近づけて、ほんの少しチュッとすすった。

「トクさんの家、どこ?」

「オレの家はチノミウリだ。チノミ川のすぐそばの、海のそばだ」

「そう……ここから遠いのね」

徳太郎はそれには答えず、

「ずーっと若い頃、オレはこのシリエトの港でツミトリしてたことがあるんだよ！」

と呟《つぶや》くようにいった。

「ツミトリてのは、木材をイカダにして、沖の親船まで運ぶんだ。昔はこの港は賑わったもんだよう。山から木を切り出して、どんどん、ここから運んだもんだ。それは賑やかだったんだよう。あんときは、釜から飯《ママ》を食ったもんなあ……」

徳太郎は遠い幸福を偲《しの》ぶように水平線に向けた目を細めた。

「釜から飯《ママ》、食ったもなあ……」

「釜から？　そう……」

女は徳太郎の横顔に目を向けた。

「たいていは芋とか、貰って来た団子とか、乾飯《ホシママ》とか……ひとつにして煮たやつ食うんだよ」

「ふーん、そうなの」

女はいった。

「あんまりうまそうじゃないわね」

「うん、うまくねえ」

女が笑ったので、トクは少し打ちとけた気持になった。

「だけどオレは毎日飯食《ママ》べなくてもいいんだよ。三日も四日も食べなくて平気なんだ。食うときは一週間分くらい食うけどね」

「そうなの？　それは都合よく出来てるのね」

と女はまた笑い、自分も酒を飲んだ。

「ねえ、トクさんの家ってどんな家？」

「オレの家は寒いのよ。今はいいけど越年《オツネン》になったら飯《ママ》もなにもカチンカチンにしばれてしまって下から風は入る、上から猫は落ちてくる……」

「どうして猫が落ちるの？」

「猫も寒いんだべし」

「猫飼ってるの？　トクさん」

「どっから来たんだか、集ってニャーゴラニャゴラ鳴いて、どたンといったら猫の野郎、落《オ》ってんのよ」

　女はまた大きな声で笑った。女が笑うたびに徳太郎の気持は少しずつ開けてくる。

「ねえ、トクさん。トクさんのこと、どうしてオンバコのトクっていうの？」

「みんな、うちのおっかさんの名前知らないからオンバコっていうんだよ。小村トメっていうんだけど、みんなそれを知らないんだ」

「だからオンバコっていうのはどういうことなの？」

「だからさ、おっかさんの名前、みんな知らねからオンバコっていうんだよ。おっかさんの名前は小村トメ。オレは小村徳太郎だ。死んだマゴばあさんがいったよ。トク、お前の名前がうまくないんだ。小村徳太郎。ソンばっかりしてダメだ。あんまり人がよすぎるんだ。何でもやってくれっていわれるとホイホイいってやる。やらせる時ばかり明日来い、はア金もくれる米もくれる。やっちまったらぜーんぜん。

だからオレ、バカくさくてやってられねえからやめちまうんだ。そしたらみないうんだ。トクは何やっても途中で投げるからダメだ、って……」

「そうなの、トクさんっていい人なのね。それでトクさん、しつこいようだけどオンバコっていうのはどういう意味なの？」

徳太郎はそれには答えず、酒をチビリチビリ飲んで、水平線の、もっと遠くを見る目になった。

「うちのマゴばあさんは天草の人なんだ。いーい声なんだよう。飯《ママ》あったためるこれくらいの籠《かご》の中にオレさ入れて、こうやってゆすりながら、オレの守りをしてくれたんだ。マゴばあさん、飴《あめ》売りをしてたんだよう。頭に平らな桶上げて、クルクルーッと廻る風車つけて、小太鼓叩いて歌ったんだ。

〽アメはァ　かえりィ

おさかで　なめりゃァ

きょうとの　はてまでェ

甘いものォ……

ってね、歌ってね」
徳太郎はしゃべり始めた。
「マゴばあさんは歌が上手《ジョズ》でね、
〽松のォォォォ
馬のたづなをォ
青よ、これからァ
おじさんのォォ
借金を払って歩くだよォ
って歌えば、馬はピーンと耳立てたもんだ。うちのかあさんの兄さんのね、小村安太郎という人の借金、毎日毎日、馬に乗ってね、払って歩いたんだよ。うちのマゴばあさん。そして崖から河へ落ちたんだ。馬でもやっぱしキィーキィーって泣いたってよ。柳にひっかかって死んだんだ。

うちのおっかさんは背は高くねえけどね。どこまで行っても、どこへ泊っても、オレばちゃんと抱いて寝てくれたかあさんだよ。かあさんはいつもいってたよ。お前はとてもいい子であった。お前はホントはアタマいいんだからって。うちのかあさんもいーい声だったんだよう。

〽アメはァ　かえりィ
　おさかで　なめりゃァ

ってね、マゴばあさんの歌った歌、思い出して歌いながら畑の草取りしたんだよ。いーい声だなァ、誰が歌ってんだか、と思ったらうちのかあさんだ。みんな道に立って聞いたんだよう。……」

徳太郎の声には子守歌を歌う母親の優しさがある。それは打ち寄せるのどかな春の波音のようでもあり、草原を渡って来るそよ風のようでもある。

東京の女はそれに聞き惚《ほ》れた。

3

オンバコは函館の老人ホームで死んだ。

オンバコが老人ホームへ行くとき、徳太郎は町田旅館の建前を手伝っていた。

建前では神主が来て祝詞《のりと》を上げる。

それから紅白の幕張って、餅を撒《ま》いて、魚、野菜、神さまに上げたいろいろな物をひとつにして大鍋で炊いて食べ、酒を飲む。歌を歌い、手を叩いて囃《はや》す。

そのときオンバコは、それまで徳太郎が見たこともなかったようないい着物を着て、病院の看護婦と二人で現れた。看護婦もまた白衣でなく、紺の洋服の胸にバッジをつけていた。

「小村徳太郎さん……この人の息子さん、いますか?」

と看護婦がいったので、徳太郎は慌《あわ》てて答えた。

「何の用だい。ここは今、建前で、たいしたおめでたいとこなんだよう……」

するとオンバコは徳太郎をじっと見ていった。

「トク、オレどこへ行くんだかわからねんだけど、看護婦さんが連れて行くっていうから行くよ」

看護婦がその後を引き取っていった。

「函館の養老院へね。本人が行きたいっていうから連れて行きますよ」

徳太郎は看護婦に向っていった。

「ここに立派な息子というものがいるのに、それに兄貴もいるのに、なぜそんなことするんだあ」

「でも、本人が行きたいっていってるのよ」

看護婦は冷然といった。

「たとえ本人が行きたいっていったって、どこさ行くんだかわかりもしない者が、いくら生活の金もらったからって、行きたいっていうものかい……」

徳太郎が怒ったので、オンバコはいった。

「徳太郎、お前《マイ》も元気で暮せよ。オレは行くからな」

「どこ行くんだよう、かあさん……」

「どこだか知らねえけども、看護婦さんが連れて行くっていうから行くよう……」

そうしてオンバコは看護婦に肩を押されるようにして去って行った。それが何年何月のことだったか、わからない。

「じゃあ、かあさん。仕方ねから行ってこいよう。いずれはまた興行で行くかもしんないから、そのときは何か口に合うものいろいろ持って行くからなー」

徳太郎はオンバコの後姿に向っていったが、オンバコはそのままふり返らずに、ただ肯《うなず》いて行ってしまった。オンバコは背の高い看護婦の半分くらいしか背丈がなかった。

その後、徳太郎は時雨《しぐれ》湯でカマ焚《た》きをやっていた。それからカマ焚きをやめてチンドン屋をやった。町へ来たサーカスについて網走や旭川や留萌《るもい》を廻った。外にもっと沢山《たくさん》の町を廻ったが、その全部はわからない。

またある日、時雨湯に戻ってカマ焚きをした。それから釧路へ行った。

釧路では紙芝居屋の家に住み込んだ。飴を作ったり、親方の後ろから自転車に紙芝居を乗せて押して歩いたり、拍子木を叩いたりした。その合間に紙芝居の説明の稽古をした。

親方は帰って来ると必ず将棋をさしながら酒を飲んだ。飲むと動けなくなって、徳太郎が背負って二階へ連れて上った。そのうちに親方は仕事に出ず、徳太郎が一人で紙芝居をするようになった。

ある日、徳太郎が帰って来たら、親方と細君が目を赤くして洟《はな》をかんでいた。

「どうしたんだい、親方、泣いてるのかい?」

徳太郎が訊《き》くと、親方はいった。

「トク、あのな、お前……どんなこと聞いてもびっくりするなよ」

「びっくりするなといわれたって、聞いてみねえうちは何ともいえないよ」

徳太郎がいうと、親方はまた新しい涙をこぼした。

「お前のおっかさん、死んだんだよ……」

親方はそういって、函館の老人ホームからの死亡通知書を見せた。それから親方は、

「トク、お前、悲しいだろう、遠慮せずに泣け」

といった。

「明日か明後日《あさって》か、やのあさってか、お骨《こつ》を取ってやるからな。お前はどこも行かないで、ここを死ぬ場所と思ってここで暮せばいいよ」

と親方はいった。

徳太郎は表へ出て、蜜柑《みかん》の空箱を探して来て、銀紙を買って中に貼った。親方がいつ骨を引き取ってくれてもいいように、仏壇を作ったのだ。

それから又、毎日、紙芝居をした。親方は徳太郎にお前は阿寒《あかん》を廻ってくれ、といった。それで徳太郎は紙芝居の道具と飴の入ったガンガン（石油缶）を背負って、汽車に乗って阿寒へ行った。

今日か明日かと待っていたが、オンバコの骨はいつまで待っても届かない。老人ホームへ金を送らなければ、向うからは送ってくれないのである。親方が送ってくれなければ徳太郎には金がない。あっても字が書けない。

徳太郎は親方にいった。

「親方、オレ、ここにいればおっかさんの骨、取ってくれると思ってがんばってやってるが、取ってくれるものか取んないもんだか、わからないから、すんませんが暇下さい」

すると親方はいった。

「お前、行くのか、トク。ずいぶん人の常識がねえな。お前という男は恩というものがわからないもんだね」

徳太郎は銀紙を貼った蜜柑箱を背中に背負った。

「オレはそういう正しくない人の下では働けないから暇下さい」

徳太郎は親方から一銭の金も貰《もら》ったことがなかったので、ウララ町へ帰りたいと思っても帰ることが出来なかった。それで仕方なく阿寒まで歩いた。

阿寒まで歩いた徳太郎は、阿寒の小野という肉屋に住み込んだ。

小野肉屋の親爺《おやじ》も酒飲みだった。細君と娘が肉を拵《こしら》えている傍《かたわら》で、豚の臓物で商売用のヤキトリを焼きながら酒を飲んだ。

小野肉屋の親方は、徳太郎のことを「トク」と呼ばないで「タロちゃん」といった。そこには大きな犬がいて、それも「タロ」という名前だった。

「タロちゃん！」

と親方が呼ぶと、犬が尾をふって「ワン」といい、徳太郎が、

「何だい」

といった。

親方は徳太郎を豚殺しに連れて行った。

雪の中を親方と徳太郎は、馬橇《ばそり》を引っぱって山の奥へ入って行った。馬橇は馬が曳《ひ》くもので人間が曳くものではない。徳太郎はそれを引っぱってどんどん歩いて

いった。

腹が減ってならないが、どんどん歩いた。漸《ようや》く山奥の一軒家に辿りついた。そこでは百姓をしながら豚を飼っている。

豚は殺されることを予感して、キイーキイーッと鳴いた。小さな黒い目がピカーッと光った。脚を縛って木にぶら下げる。反り返った咽喉《のど》を出刃庖丁《ぼうちょう》でスッと切る。血がダーッと流れて雪に染《し》み込む。血はどんどん流れ出て、やがて赤黒い細い筋になり、滴《しずく》になって止《や》む。

木から下ろして皮を剥《は》ぐ。大きな鋸《のこぎり》を首に当てがってゴシゴシ切って落す。脚も切り取る。臓物を取り出す。それらを皆、馬橇に乗せて引っぱって歩き出す。

親方は農家で酒を飲んでいる。

「お前、先へ行け」

と親方はいった。肉が温かいうちに検査場へ持って行って検査済の判コを押して貰わなければ、肉が凍ってしまうと認めて貰えない。徳太郎は腹が減って目の前が昏《くら》くなり、何度も脚がもつれた。

徳太郎はコタノガ炭山へ豚肉を売りに行かされた。豚肉の切身を包みにしたものを何十も箱に入れて背中に背負った。

「こんちは。毎度ありがとうございます。阿寒の小野肉屋の、わたしは若い者です。肉持って来ました」

親方に教えられた通りに丁寧にいった。親方は肉が全部売れたら、その売り上げの一割をやるといった。徳太郎は腹が減ってならないが、肉が全部売れないので食物を買うわけには行かない。腹が減ってまた脚がもつれた。目が廻って来た。

――まさか、オレ、なんぼバカでも売り上げからもの買って食うわけに行かね……。

徳太郎は思った。

ヘトヘトになって歩いていると、子供連れの女が通りかかった。

「奥さん、わたし、阿寒の小野肉屋の若い者だけど、肉、買いませんか。買わねなら全部、あげてもいいよ」

女は立ち止って、

「肉？　見せて」

といった。そして女は箱の中の肉を全部買って、釣銭はいらないといった。

徳太郎はその釣銭でパンを買って食べた。

徳太郎が帰って来ると、親方はヤキトリを焼きながら酒を飲んでいた。酒を飲みながら売り上げを勘定した。徳太郎は親方にいった。

「親方、オラ、腹減ってとっても目が廻って歩けなくなったで、一番安いパンがあったから、それを買って食べたよ。釣銭三銭、いらねえって女の人がいったもんだから」

親方はしげしげと徳太郎を眺めて太い鼻息と共にいった。

「どういうもんだか……お前は全く……どこまで行っても正直だなァ……」

「そうだよ」

と徳太郎はいった。

ある日、親方の細君が訊いた。

「タロちゃん、どしたの？　なんか心配ごとでもあるのかい？」

丁度そのとき徳太郎はオンバコの骨のことを考えていた。

「おかみさん。オレ、おっかさんの骨、引き取りたいんだよ。オレのおっかさんの骨は函館にあるんだけど、オレは字も書けねし、金もないから、どうしたもんだかと思ってね、毎日考えてるんだよ」

徳太郎が渡した老人ホームの通知書を細君は見ていった。

「お前はよく働くから、私が特別にお金を送って、おっかさんの骨は貰ってあげるよ」

間もなくオンバコの骨が函館から送られて来た。骨は木箱に入って、白い布で包まれていた。外側は厚紙で包装され、「取り扱注意」の札が附《つ》いていた。

徳太郎はオンバコの骨を山奥の寺に預けることにした。甕《かめ》を買って来て、木箱の骨を移し変えた。

「おっかさんやい、オレはまだ当分、小野さんのところで働かねばなんないから、すまないけれどもおっかさん、山の寺に預けるよ、いいかい」

骨は甕に納った。徳太郎はそれを背に負い、紅白の団子とリンゴを買って、市街を外れて山道を登って行った。

山奥の寺では狐に鶏を盗《と》られたといって、住職が箒《ほうき》をふり上げて走っているところだった。徳太郎が、

「こんにちは」

というと住職は追いかけるのをやめた。

「おすさん、すまねけれど、お骨、預かって貰いてと思って来たんだが」

徳太郎は甕を背負ったまままいった。

「すまねけれど、立派なお釈迦さんのところへ祀《まつ》ってくれるかい」

「いいとも、いいとも」

住職は奥へ入って袈裟《けさ》をつけて現れた。甕を祀り、紅白の団子とリンゴを供えて経を上げた。

徳太郎は夜道を歩き通して、夜が明けた頃に小野肉屋へ帰って来た。

親方はまだ酒を飲んでいたが、徳太郎を見るといった。

「今日はこれから豚殺しに行かなきゃなんねぞ」

豚を殺したり、売りに行ったりして、何年経ったかトクにはわからない。親方はだんだん酒癖が悪くなり、酒に酔うと喧嘩をして警察に連行されるので、その度に徳太郎は貰い下げに行った。

外の人に乱暴をすると警察に連れて行かれるので、親方は徳太郎に向って物を投げるようになった。

「出てけ！　このバカタレ！」

と親方は徳太郎にコップを投げた。

コップは徳太郎の額に当った。

「親方、そんなこといわねで」

と徳太郎はいったが親方はまた皿を投げた。

それで徳太郎は小野肉屋を出た。

4

徳太郎は紙芝居屋、風呂屋のカマ焚き、チンドン屋、見世物、劇場の旗持ちや幕引き、ビラ配りなどの外に、墓掘りや町の焼場の屍体処理係もした。

チンドン屋をしていた時は、鉦《かね》の代りにフライ鍋を叩くのがうまくて評判だった。全道チンドン屋コンクールで、一晩中フライ鍋を叩いて二等になったこともある。

紙芝居屋をしていた時も、フライ鍋を叩きながらやって来た。字が読めないので、絵を見て勝手に物語を作るのが面白いと、人気があった。しかし数の勘定が出来ないので、釣銭をいい加減に渡す。それで商売が成り立たなかった。

町の焼場の屍体処理係をしていた時、死人に着せた着物を、翌日オンバコが着ていたという噂が立った。また妙齢の女が死んだとき、それを焼かずに朝まで抱いていたという噂も立った。「技師長」と呼ばなければ、焼き方に差をつける、という噂もあった。

大黒座の旗持ちやビラ配りをしていた時は「宣伝課長」といわなければ返事をしなかった、ともいわれた。

しかし浜館《はまだて》町長は役場の若い者に向って徳太郎のことを話すときはいつもこういって褒《ほ》めた。

「小村徳太郎、学校には上らず、何も勉強したわけではないけれども、芝居や浪花節《なにわぶし》を通じて会得したそれらの義理人情、信義に厚いことなど、見習うべきである」

浜館町長はまた、助役の頃、当直や残業の夜などに徳太郎を呼んで浪花節を唸《うな》らせた後、ラーメンやそばを取ってやると、自分は食べないで、ラーメンのどんぶりを持って母親に食べさせに走って行ったという話もした。町長はいった。

「無智な者ながら、この孝心を我々は見習うべきである」

徳太郎と英吉はカズコという女と三人で暮していたことがある。カズコは徳太郎と英吉との共同妻だったと町の人は皆、思っている。

カズコは初めは徳太郎の女だった。英吉が十円のパンを八円に値切って買って来て、徳太郎にそれを与え、「すまないけどカズコを一晩貸してくれ」といったという噂もある。

カズコをめぐって、兄弟喧嘩はしょっちゅうだ、相撲を取って勝った方がカズコを「やるんだ」と見て来たようにいう者もいた。

しかし浜館町長は「トクは童貞にちがいない」といっていた。光雲寺のだいこくも同じ意見である。

「トクはありゃ、キンヌキだべや」

という人もいる。町の運動場の塀の蔭《かげ》で、女の子にいたずらをした、という人もいる。それを聞いて、トクはそんなことはゼッタイにしない、と怒る人もいる。

ある時、徳太郎は冷凍人間になって死んでしまった、という噂が町に流れた。徳太郎は三十万円貰って北大の実験で冷凍人間になった。一旦《いったん》死んだが生き返った。しかし又、死んでしまったという噂である。

それはウララ町の「ウララ報知」という新聞の一面に出た。

「小村徳太郎氏の死

日本医学界に貢献」

そういう見出しである。それを書いたのは「ウララ報知」の社長である佐竹青嵐《せいらん》である。

英吉は役場の坂本さんのところへやって来た。

「トクの金、貰いたいんだけど」

「トクの金って何だい？」

「冷凍人間になって死んだんで下った金だ」

「そんなもの、ないよ」

「トクは冷凍人間になって死んだので、お礼の金が下ったんだ」

「だからそんなことは役場は知らねえっていってるんだよ」

「学校へ半分寄附して、その半分が役場に残ってるんだ」

「だから、そんなものは一銭も入ってないんだよ！」

「トクの金、くれ！」

仕方なく坂本さんは、自分の財布から五百円札を一枚出して英吉に渡した。英吉はそれを持って帰った。

そのとき徳太郎は浅草の花屋敷の前の見世物小屋で働いていた。

徳太郎の芸名は「ピーマ」という名だった。だが特別に客の前で何かの芸を披露したわけではない。

「ただ今から女ターザンが、鶏を食べるところを行います。鶏から、蛇も食べます」

徳太郎はそんな口上をいった。親方は、

「ピーマ、もすこし、何とか、口上らしくやれや」

といった。

「女ターザンは、山の中に長い間、いました。山にいればマムシを食べるけれど、東京だから普通の蛇を食べます。蛇も皮なんか剥《む》かないんだよ。頭、投げて、クーと血を吸うわけね。ホントにやるんだから。看板にちゃんと書いてあるんだからね。その通りにやらなければ嘘ついたことになるからね。この見世物はインチキだということになれば警察は許さないからね。鶏は羽ついたまま、頭かじって血、グーッと飲んで、それからガリガリ食うんだよー。鶏は生きたまま食われるからね、コッコッコと鳴くんだ」

徳太郎はまた奥で太鼓を叩いた。女ターザンは昼夜五回にわたって鶏を五羽食べた。女ターザンは徳太郎が握り飯を食べているのを黙ってじーっと見た。

「おじさん、ピーマって何かい。八百屋で売ってるピーマかい。あのピーマは食べられるけど、おじさんは食べられないね」

「そうだよ、オレは食べられないよ」

女ターザンと徳太郎はそのような話をした。

「おじさん」

「ん?」

「何、食べてるの?」

「鶏の焼いたやつだよ」

「おじさんは鶏に味つけて食べるんだね」

「そうだよ、おかしいかい」

「おかしいよ」

そういって女ターザンと徳太郎は笑った。

ある日、徳太郎はウララ町へ帰って来た。徳太郎がウララ町に着いたのは日が暮れて間もなくである。町のとっかかりにある太田花屋へ、

「おばんです」

といって入って行くと、太田花屋はびっくりして大声を出した。

「トク、お前……冷凍人間になって、いつ生き返って来た？」

「親方、何だい、冷凍人間て……」

「トク、お前、冷凍人間になって死んだけど、一旦生き返って、また死んだっていう話、町の者で知らないもんはいねえよ」

「親方、オレは死んでないよ、生きてるよ」

太田花屋は慌《あわ》てて、

「ばあさん、表の戸を閉めろ」

と叫んで徳太郎を奥へ連れて入った。

「トク、今、お前の姿が見えたら、トクの幽霊が出たって町中、えらい騒ぎになるからな」

太田花屋はそういった。

徳太郎は生れて初めて、ちゃんとした畳の上に寝た。徳太郎を寝かせると太田花屋は町長の家まで走って行った。

「町長さん！　トクが帰って来た！　トクは死んでないんだよ！」

太田花屋は玄関に上らぬうちから叫んだ。

冷凍人間の噂の元は何なのか、誰にもわからない。「ウララ報知」の佐竹青嵐は徳太郎が現れる数日前に心臓麻痺で急死したのである。

「オレのことなんか、いてもいなくてもよさそうなもんだが、オレがいなくなるとみんな思い出すのかなあ」

と徳太郎はいった。

5

英吉は徳太郎の倍もあるような大男だった。

英吉は小学校へ行く代りに、本田牛乳屋で牛番《ベコ》をしていた。大きな握り飯《ママ》を二つと牛乳を一升貰って、毎日、牛番《ベコ》に出かけた。

「郵便自動車が通ったら、この弁当と牛乳飲むんだよ」

本田牛乳屋の細君にそういわれて、放牛してある山へ行った。郵便自動車は通らないけれども腹が減ったので、握り飯《ママ》を食って牛乳を飲んだら眠くなったので寝ていた。

すると牛が一頭、群から離れて山を下り、芋畑に入った。芋畑の持主が怒りに委《まか》せてそのへんの杭《くい》を引き抜いて山へ走って上ると、英吉はうまごやしの日《ひ》溜《だま》りで昼寝をしていた。芋畑の持主は英吉の尻を杭で殴ったので、英吉は泣きながらどこかへ行ってしまった。

本田牛乳屋の細君が近所の人と一緒に探し廻ったら、英吉は山の上の熊笹の中で饅頭を食べていた。饅頭は近くの菓子屋でかっ払って来たのだ。

英吉は一度に八杯から十杯の飯《ママ》を食べなければ身が保てないのである。本田牛乳屋の細君は饅頭の代金を払い、そしていった。

「なんもお前は悪気でかっ払ったんでねんだから、いーいよ。お前は十杯も飯食わねばいられない身体《からだ》なのに、オレが食わせてやらなかったのがいけないんだ。罪に落さないから、その代り一所懸命に働けよ」

「うん」

といって英吉はまた牛番《ベコ》に行く。牛は、

「もーお」

と鳴いて英吉のそばへ寄って来る。

英吉は牛の乳房に顔を寄せて舐《な》めてやったり、抱いて撫でてやったりする。

「芋畑へ行っちゃなんねえぞー」

というと、

「ンもー」

と鳴く。

けれども本田牛乳屋が牛の数を減らしたので、英吉はオンバコと徳太郎のところに帰って来た。

そのとき英吉の年は幾つだったのか、わからない。

徳太郎と英吉は何歳ちがいなのか、わからない。

英吉が死んだ年もわからない。

英吉が死んだのは、オソバコが死んだ後だ。わかっているのはそれだけである。

その日、徳太郎は時雨湯《しぐれ》でカマ焚《た》きをしていた。木の皮や鋸屑《のこくず》をリヤカーで引っぱって来て焚口にほうり込んで焚く。灰をリヤカーに積んで浜へ捨てに行く。何度もそれをくり返した。何度目かに灰を捨てて帰って来たら、時雨湯の親方がいった。

「トク、今日はオレがカマ焚くよ」

「どしたの、親方」

徳太郎が訊《き》くと、親方はいった。

「トク、びっくりするな。お前の兄貴が今死んだ」

英吉はその日、神社の石垣を造る手伝いをしていて、石を抱え上げたまま、突然死んだのだ。

徳太郎が英吉に会ったのはその前の晩である。英吉はカズコと二人で徳太郎のいる千鳥アパートへ来た。徳太郎は英吉と喧嘩をして二人と別れ、ひとりで千鳥アパートにいたのだ。そこは汽車の線路のすぐそばで、もと海産物倉庫であった建物を、三つに仕切りしてアパートにしたものだ。

「何の用だ?」

と徳太郎が訊くと、

「べつに、何の用でもない」

と英吉は答えた。

「どこへ行くんだ?」

と徳太郎が訊くと、

「んー、うちへ帰るんだ」

と英吉は答えた。

「そうか、なら今晩、うちへ泊って行くか?」

「いや、帰る」

「したら風呂の券、やるから風呂へ入って帰れ」

徳太郎は時雨湯で給料代りに貰った券を英吉にやった。英吉はその券を千鳥アパートの隣の米屋へ持って行って古米と交換してもらい、二人でラーメンを食べ、焼酎《しょうちゅう》を二杯飲んで歌を歌いながら、米を背負って浜の小屋へ帰っていった。英吉もオンバコの血を引いて歌はうまいのである。

「〽アメはァ　かえりィ
　おさかで　なめりゃァ」

同じ歌を何度もくり返し歌った。その翌日、英吉は死んだのだ。

英吉が死んだことを聞いて、徳太郎はわあわあ泣きながら道を歩いた。

「トク、どしたんだ?　なに泣いてる?」

通りかかった男が声をかけたが、その顔も見ずに、

「兄貴が死んだんだよう……」

そういって又、わあわあ泣きながら歩いて行った。


ベッチャリの百姓木村為吉《ためきち》のマゴばあさんの目がだんだん見えなくなって行ったので、そのうち全く見えなくなった時、手を引っぱってもらおうと考えて女の子を貰った。その子がカズコである。

カズコはどこで生れたのか、親はどこの人間なのか、わからない。年もわからない。

カズコという名前は誰がつけたのかもわからない。

木村のマゴばあさんはカズコを可愛がって育てたが、息子も娘も、息子の嫁も、その子供らも、みんなでよってたかってカズコを虐《いじ》めた。カズコは物置きの中に入れられて、皆の残り物を食べさせられていた。

木村のマゴばあさんはカズコを憐んで、オンバコに頼んだ。

「どうかオンバコ、米一升と豆やるからカズコをお前の家へ連れて行ってくれないか」

それでオンバコは米と豆を貰って、カズコをオニウシの浜に近い小屋に連れて来た。

カズコの目は突然吊《つ》り上って黄金色に光ることがある。すると自分の頭髪を一本ずつ抜き始める。暫《しばら》くすると目は元通りになり、髪の毛を抜く手も止る。それはカズコが三つか四つの頃から始ったことだという。

それをくり返すうちに、前頭の毛髪はなくなってしまった。生えても生えても後から後から毛髪は抜かれるのだ。それでオンバコはカズコの頭を古布で包んで後ろで縛った。

目が吊り上って毛髪を抜くときは、カズコに憑《つ》いている白い狐が暴れる時なのだと、不動寺の坊さんがいった。不動寺の坊さんは憑きモノを落す術に長《た》けているが、その術を施すにはカズコの生年月日が必要なのである。

「見ればまだ若いんだべさ」

坊さんはカズコを、と見こう見していった。

「十一、二三、四五六、七、八、か……九か二十か……いや二十三、四か六か……」

徳太郎も小さいが、カズコはその徳太郎よりも頭ひとつ小さい。子供のようにも、また年増女のようにも見える。

生年月日がわからないために、カズコは狐を落してもらうことが出来なかった。カズコは英吉の妻として戸籍に入ったが、いつのことか、徳太郎にはわからない。それはあくまで生活保護の金を余分に貰う方便であったと徳太郎は考えている。しかし夫婦になった証拠にカズコは英吉のことを「とうさん」と呼んだ。

カズコを英吉の戸籍に入れるとき、役場の坂本さんは便法上カズコの生年月日を英吉のそれと同じにした。そもそも役場では英吉の生年月日もいい加減に作成しているのである。それは「大正六年十一月三日」である。

役場の坂本さんは英吉にいった。

「エイケツ、いいんでねえか。世間が何といったって、男のとこさ女入れば奥さんも同じでねかい。オレが認めるから抱いて寝るなり、どうでもすれ。オレが証人になるよ」

英吉とカズコは一体、どういう関係なんだ、と人に訊かれる時、徳太郎は答えた。

「うん、まあ、早くいえば夫婦と同じようなもんだという人もあるけども……ま、そうでないかとも思うけども……よくわからね」

「それでもトク、エイケツとカズコ、二人で寝てるとこ見たって人がいるぞ」

そういわれて徳太郎は答えた。

「オレとこはどんなことあったってお客さんくるわけでないし、布団だって余分にあるわけでないんだし、仕方ねから二人で寝てたんだべさね」


徳太郎と英吉とカズコは三人連れ立って、ガンガンを下げて墓所を歩いた。この地方では葬式の後や彼岸の頃には、葡萄の葉に赤飯や菓子を乗せて墓前に供える。徳太郎と英吉とカズコはそれをガンガンに集めては、オンバコにも食べさせ、自分たちも食べた。ずーっと長い間、そんな生活をしていた。

余った分は莚《むしろ》に乾《ほ》して貯蔵しておき、雪や雨の日はそれを煮て食べた。

英吉とカズコはとても仲がよかった。

徳太郎と英吉はよく喧嘩をした。

カズコは徳太郎を怖がっていた。

カズコはときどき、

「とうさん、ちょっと行ってくるよ」

そういって出て行った。あっという間に山を越えて遠くの方まで行ってしまう。

英吉は心配して捜しに出かけた。

「あのやろ、また行きやがったな。こっちは飯食《ママ》いたくてハラ減ってんのに」

ブツブツいいながら、のたりのたり山を登って行く。カズコは山の中の、草がもうもう生えたところにいつも寝ていた。

冬が近づくと、英吉とカズコは町田旅館で薪造《まき》りの仕事をさせてもらった。英吉が木を切り、更に薪にするとカズコが束ねて軒下に積み上げる。

三時休みになると、お茶と饅頭が出た。英吉とカズコは木株に腰を下ろして、お茶を飲み、饅頭を食べた。

町田旅館の細君は並んでお茶を飲んでいる二人の後姿を見て思った。

――いったい、こういう人間同士は、どんな話をするものか……。

細君は納屋《なや》の中を片附けながら耳を澄ました。暫くしてカズコがいうのが聞えた。

「とうさん」

英吉がいった。

「なによ」

「今日は寒いねえ」

「お前、風邪ひくなよ」

「だいじょぶだあ」

二人はまた黙って茶を飲み、饅頭を食べた。

英吉は薪を割り、カズコはそれを束ねて軒下に積んだ。働いている間、二人は何もしゃべらなかった。


英吉がまだ生きている頃のことだ。カズコの腹がだんだんと大きくなって行った。

木村為吉の息子の嫁と娘がそれに気がついて、産婆《さんば》会長の五十嵐《いがらし》ナミのところへ相談に行った。

「こんな女、子供もっても自分で始末も出来ないも。とっても子供、養って行かれないもね」

木村の嫁はそういって、五十嵐ナミに堕胎を頼んだ。五十嵐ナミはカズコをしげしげと見て、

「困ったな、こりゃな」

と思案した。

「折角、この世に授かったものを堕《おろ》すっていうことはどうも考えられないね。なんとか出来るもんじゃったら、誰が養ってもいいから、もたせたほう、いんでねか」

気の短かい木村の嫁は、

「ダメ、ダメ」

と大声で遮《さえぎ》り、

「あんたは他人《ひと》のことだからそんな暢気《のんき》なことをいうけど、いったい、どうやって子供育てるんだ。父親がハッキリしねものを」

そういって怒って、カズコをウララ病院へ連れて行った。ウララ病院の産婦人科の医師は、カズコを眺めて首をひねりながらいった。

「待てよ、そういわれても本人を見ればとても優しい女だよなあ……しかしこれは、赤ン坊でももたせれば、案外よく面倒みるんでないかと思うんだけどもなあ……」

木村の嫁はますます怒った。

「子供はしょってれば育つというもんでねんだ。後先のこと考えねえで子供作るもんだから、カズコやエイケツやトクみたいなのが出来るんでねえの！」

結局、カズコは手術台に上った。

胎児はもう搔爬《そうは》では取り出せない大きさになっていた。カズコは手術台の上に仰向きになって、目を大きく開けたまま、ポロポロと大粒の涙をこぼした。

手術の間中、カズコは目を開いたままだった。そうして時々、その両の目尻から太い涙が左右に流れた。

「あれでもやっぱり、何とかして子供ほしかったんだね」

と看護婦たちは後でいい合った。

その日、徳太郎と英吉は、二人で漁業市場から貰って来た鯖《さば》を煮て食べていた。食べ終ると二人で病院へ行き、カズコの腹から取り出したものを受け取って火葬場のカマで焼いた。

焼く前に二人は箱を開けて中を見た。

「女の子だな、兄貴」

徳太郎がいった。

「キレイな子供だなあ、兄貴」

英吉は、

「うん」

といって、箱の中を見ていた。

「可哀そうになあ。できるもんであれば、あのままもたせればいかったなあ……」

「うん」

徳太郎はボール箱の蓋《ふた》をして、それを焼いた。

「トク、エイケツが孕《はら》ませたカズコの子供、堕したんだってな」

町の者にそういわれると、徳太郎はいった。

「なんも、うちの兄貴ひとりの子供じゃないよ。はじめはどっか山ン中でいたずらされて出来たんだけども、うちの兄貴ともちょっと混ったんだべかね。兄貴の顔もちょっと入ってるから。なんも、うちの兄貴ひとりの子供じゃないよー」

6

英吉が死んだので、役場の坂本さんは徳太郎にいった。

「トク、何だったらオレが証人になるから、奥さんでもいい、義理の女でもいいから、カズコと一緒ンなればいいよ」

それでカズコは徳太郎の戸籍に入った。カズコは、

「エイケツは優しいけど、トクだらすぐ怒るからイヤだ」

といっていたが、英吉のことを「とうさん」と呼んでいたように、徳太郎のことをそう呼ぶようになった。

徳太郎はカズコが「映画見たいな」といったので大黒座へカズコを連れて行った。大黒座の大西さんは機嫌のいい時は、無料で入れてくれる。徳太郎とカズコは土曜

日のオールナイトを一番前の席で仰向いて見た。

「映画というもんは、何でもいいから、食べていなければうまくない」

徳太郎はそういって、煎餅《せんべい》とスルメを買って来た。二人はそれを食べながら半分裸の女が次々に出て来る映画を見た。

「とうさん、この映画、一番おもしろいね」

「そうだよ」

「とうさん、あの女の人、きれいだね」

「そうだよ」

そういって見ているうちに、カズコは徳太郎に寄りかかってとろーっと眠る。

「こら、起きれ」

「はい」

といって起きる。またとろーっと眠る。

「こら、起きれ」

徳太郎は怒ってカズコを叩いた。

徳太郎とカズコは喧嘩ばかりしていた。

カズコは相変らず、ときどきふっといなくなった。捜しに行くと山の中で寝ていた。

英吉は根気よくカズコを捜しに行っては連れて帰っていたが、徳太郎は英吉のように捜しに出かけなかった。行くときもあれば、行かない時もある。行きかけて途中で他のことを思い出すと、その方へ行ってしまったりした。

それでカズコは二日も三日も山の中にいた。アネチャの猟師が鉄砲を持って山を歩いていると、カズコが出て来て声をかけた。

「おじさん」

「何だね」

「おじさん、どこの人？」

「どこの人だっていいじゃねえか」

猟師はそういって行き過ぎようとしたが、ふと面白半分に、

「お前、腹減ってるんだべ。飯、食わせてやろうか」

といってみた。

「はい、食べたいよ」

「よし、食わせてやる」

猟師は山を下り食堂へ連れて行ってラーメンを食べさせた。

「もっと食うか？」

「いや、もういい」

「そんならここから帰れ」

「はい」

食堂を出て歩き出すと、カズコは猟師の後ろから歩いて来る。どんどん歩いたら、カズコもどんどん歩く。歩みをゆるめるとそばへ来て、カズコはいった。

「おじさん、キンタマありますか？」

猟師が気味悪がって逃げると、カズコはいった。

「おじさん、なんも逃げなくてもいいよ」

役場の坂本さんはウララ病院の院長と相談して、カズコに不妊手術をほどこすことに決めた。

「カズコ、お前、もう子供出来ねように、婦人科のモノ、取ってしまうんだよ」

徳太郎はカズコに教えた。

「そうでなければ山で寝てる間に、また子供もってしまうもな。いいかい?」

「うん、いいよー」

とカズコはいった。

ウララ病院の婦人科の医師はカズコの子宮を取った。

カズコの放浪がひどくなって来たので、役場の坂本さんは徳太郎にいった。

「トク、お前がカズコの監督をきちんとしないじゃ、精神病院へ入れるしかないよ」

坂本さんは町長と相談して決めたのだった。

「考えてみると病院へ入れるのと、こうしてるのと、どっちが可哀そうだかわからないよ。やっぱり病院へ入れるのがいい。うん、そのほうがいい……」

坂本さんはひとりで合点してカズコをフカガワへ連れて行った。丁度、秋の祭礼の季節でトクは忙しくあちこちの祭で太鼓を叩いていた。

坂本さんに連れられたカズコは、新しいきれいな花模様の布を頭にかぶせてもらっていた。

カズコはトクが太鼓を叩いている屋台の下へ来て徳太郎を見上げていった。

「とうさん、それじゃあ行ってくるよー」

「そうか、カズコ、行くのか」

徳太郎はドーン、ドーンと太鼓を叩くと、笛吹きの男が、ピーヒャラヒャラピーと笛を吹いた。

「向うへ行ったら、よーく、看護婦さんのいうこと聞くんだよ」

「うん、よく聞くよ」

「それなら行ってこい」

そういって徳太郎はドーン、ドーン、と太鼓を叩いた。

「そのうち、行ってやるからな」

「うん、待ってるよ、とうさん」

そういってカズコは坂本さんに連れられてフカガワへ行った。

それから長い冬を経て、やっと春が来た。春が来たので徳太郎は風車をつけて、自転車で街道を走っていた。そしてふとカズコのことを思い出した。

徳太郎はフカガワへ行く気になった。

「フカガワはどう行くんですか？」

徳太郎は人に訊《き》きながら自転車を走らせた。

どんどん、どんどん走った。

どれくらい走ったか徳太郎にはわからない。山の麓《ふもと》に家がパラパラと固まっているところを抜けると、寂しい草ッ原の向うに病院があった。後ろは山だった。もうすっかり夜になっていたが、事務所に入っていった。

「ウララ町の小村徳太郎ですが、すみませんが小村カズコに会わせて下さい」

「小村カズコさんの？　あなたは何です？」

「わたしはとうさんです」

と徳太郎はいった。

暫《しばら》く待っていると看護婦がカズコを連れて来た。

カズコは青い木綿のズボンと上着を着て、両手がブルブル慄《ふる》えていた。相変らず頭の半分は毛がなかった。カズコは痩せ衰えて、猿のガイコツのようだった。

「カズコさん、この人、わかるかい？」

看護婦が聞くと、

「うん、わかるよ」

とカズコは徳太郎をじーっと見つめていった。

「いろいろ話したいことある?」

「うん、あるよ」

「じゃあ、ここで話しなさい」

「うん、話すよ」

そういってカズコはじーっと立っている。看護婦が部屋を出て行ったので、徳太郎はいった。

「カズコ、お前、痩せたなあ……病院入れば髪の毛むしらなくなるかと思ったが、やっぱりむしってるんだなあ」

「とうさん、オレ、ここへ来てもやっぱり、目、ピカーと光るんだよ。白い狐がまだいるんだよ」

「そうか」

徳太郎は考えた。

「それならカズコ、一回うちへ帰るか？　お前見ると、これから生きるんだか死ぬんだかわからなくなって来たよ」

「とうさん、オレ、帰りたい」

「よし、待ってろ」

トクは病院の前のよろず屋へ入って行った。

「タバコもなんも買わねで、こんなこと頼むの悪いけど、すんませんけど、電話貸して下さい」

「あ、いいよ、どうぞ、使って下さい」

「すんませんけど、この番号のところ、廻してもらいたいんだけれどもね」

よろず屋のかみさんが廻してくれた電話番号は、役場の坂本さんの家である。

「もしもーしっ、坂本さんかい？」

「おお、誰だ？」

「わたし、トクさんです」

「おお、トクか、何だ」

「あの、すまないけども課長さん、どうもこの病院に置いたら、なんだか、死ぬんだか生きるんだかわからないのよ。ひとまず連れて帰りたいと思うんだが」

「何の話だ、トク。どこにいる？」

「オレ、今、フカガワへ来てるんだよ」

「おどろいたもんだな。何の話かと思えばカズコのことかい」

坂本さんはいった。

「しかし、ま、しようがない。一回、連れて帰って来いや。オレから病院へ電話しとく」

翌朝早く徳太郎が病院へ行ったら、カズコは事務所で待っていた。徳太郎が入って行くと、カズコは飛んで来て徳太郎の首にしがみついた。

「とうさん……今日、帰るんだね」

「ああ、帰るんだよ。今日これから帰るんだ」

首ッタマにしがみつかれたまま、徳太郎はカズコが可哀そうになって涙をこぼした。

徳太郎はカズコを自転車の後ろへ乗せてウララ町へ向って漕《こ》いだ。ゆっくり漕いでいるうちに夜になった。どこの町かわからないが旅館があったので、そこへ行った。

「こんばんは。すみませんけどもこの人、もう痩せて痩せて、全然、食べもの食べてないんです。お客さんの残ったものでもいいからお願い出来ませんか」

「せっかくだが、うちは今、忙しくてダメだよ」

断られて次の旅館へ行った。

「おばんです。すみませんけども、泊るだけでいいんです。少しならお金、持っているんで、心配しないで泊めて下さい」

「ダメダメ。うちは今日は満員なんだよ」

徳太郎とカズコは駅の裏の踏切小屋に入って、ジャムパンを買って来て食べた。

「とうさん、オレ、なんか辛いもの飲みたいよー」

「いいよ、それじゃあ何か買って来てやる」

徳太郎は小屋を出てビールを一本買って来た。前歯で蓋《ふた》を開け、少し飲んでカズコに渡した。カズコはゴクゴク飲んで全部飲み乾《ほ》し、

「とうさーん」

というと、いきなり徳太郎の乳首のあたりを摑《つか》んだ。

「いや、カズコ、何すんだ……」

驚いて身体《からだ》をずらせるとカズコは、

「とうさーん」

とまだ胸に手を伸ばしてくる。

「やめれ、カズコ、やめれ、やめれ」

徳太郎は小屋の中を逃げ廻った。

「いやいや、いかにオレが男でも……」

徳太郎はいった。

「あんまりそんなことされると気持悪くなるもな……」

カズコは急に静かになって、ジャムパンを食べている。徳太郎はそのカズコをしみじみと眺めて呟《つぶや》いた。

「可哀そうになあ……やっぱ、生みの親を思い出したんだね。オレをおっかさんだと思ったんだべさ……」


役場の坂本さんは、またカズコを病院に入れた。今度は函館の病院だった。徳太郎は坂本さんと一緒にカズコを送って行った。

その季節はいつだったか、徳太郎には思い出せない。

函館に着いたのは日が暮れる頃だった。駅を出ると大きな自動車が寄って来て、運転手と坂本さんは何か話をした。そして徳太郎とカズコと坂本さんはそれに乗って、海岸の道をどこまでも走った。漁火《いさりび》がちらほら見えるのはウララ町と同じだった。だが海と反対の方向には、山の高いところにまで灯《あかり》が這い上っていて、それが人の家の電燈の光だといわれても徳太郎には信じられないほどだった。

「とうさん」

とカズコはいった。

「うん？」

「これが函館だの？　きれいなとこだねえ」

「そうだよ」

「とうさん、どこ行くんだべ」

「いいから黙って乗って行くべ」

「とうさん」

「うん？」

「オレについてる白い狐、マゴばあさんが何とかしてご祈禱《きとう》上げてもらいてえと思ったけど、一銭も金ないから上げてもらうこと出来なかったんだよー」

「うん、わかってる。お前はいい子供であって、そういうものがついてるからそうなってるんだ。これから何とかして頼んで、必ずご祈禱あげてもらうから」

「たのむよ、とうさん」

そうして山の上の精神病院へ行った。そこには賑やかな灯もなく、山の下に僅かに暗いランプを灯《とも》した家が、じっとしゃがんでいるような格好で五、六軒あるだけだった。

徳太郎は坂本さんにいった。

「坂本さん、見れば何だか粗末なような病院で、また痩せてしまうんじゃないかとオレ思うんだが」

坂本さんは、

「シーッ」

といって病院の入口を入って行った。

病院の板廊下は歩くと、ゴトンゴトンと大きな音を立てた。鼠色の詰襟《つめえり》を着た黄色い顔の男が出て来て、坂本さんと挨拶を交した。それから男は廊下に立ったまま、黙ってカズコの顔を見た。

と、カズコの目がツーッと吊り上って、少しばかり伸びた髪の毛がピンと立った。

「何だろう？　これは？」

と男はいった。

「いや、この人はこういう人なんで……」

と坂本さんは恐縮していった。男はまた黙ってカズコを見つづける。カズコは徳太郎に向っていった。

「とうさん、オレ、ここへ入るのかい？」

「そうだよ、今からここでずーっと長く暮すんだからな。その代り、何か辛《つら》いことがあって、いよいよ困るということになったら、いつでも迎えに来るから。また、死ぬときはちゃんとお骨も取ってやるからな」

「うん」

とカズコはいった。カズコの目から光は消えて、吊り上った目尻ももと通りになった。

徳太郎は途中で買った葉書をポケットから取り出して坂本さんに頼んだ。

「すみませんけど、ここにオレの住所と名前、書いてもらいたいんだけど」

坂本さんは書いた。

——ウララ町字チノミウリ、橋の下
　小村徳太郎行
徳太郎はその葉書をカズコに渡した。

「お前はなんにも書かなくていいから、困ったときはこのまま、ポストに入れろ、いいか、わかったかい」

「わかったよ、とうさん」

カズコはその葉書を手に持って、鼠色の服を着た男に連れられて、廊下を遠ざかって行った。

7

東京の女はいった。

「それでどうしたの？」

トクはいった。

「どうもしないよ」

「カズコさんからその葉書は来ないの？」

「うん、ぜんぜん」

徳太郎は目を細めて、海を見たまま呟いた。

「どうなったんだべな。死んだとも生きたとも、なんもいってこないのよ」

「そう……」

東京の女はいった。

よく笑う東京の女は、だんだん笑わなくなっていた。女も徳太郎が目をやっている沖の方へ目をやった。徳太郎はいった。

「だから今、考えてみればね、なんぼなんでも、なんとかして死ぬまでうちにいてもらいてと思うもね。誰だったっけか、こういうのよ。『かまわねから、ワン公みたいに縄かけとけばいいんだ』ってね。そういうわけにはいかないわね。相手が生きてるんだからね。なにも悪気で逃げるんじゃないんだ。やっぱり生きてるもんだから、どこでも歩きたいからね。けどどうかすれば逃げることばっかり考えてんのが困るんだ」

「ほんとね。それが困るわね」

東京の女は歎息《たんそく》した。

「逃げたまま、好きにさせとくってわけには行かないしね」

「うん、人間だからね。何といっても」

と徳太郎はいった。

「あれからもう何年経つか。かれこれもう、大分、年とったんでねえかな。なんぼぐらいになるべなあ。ちょっと見れば頭は白髪《しらが》ンなったように見えるけども、まずいつ見ても顔は丸いから相変らず若く見えるんだがね。それで背もあんまり高くない。また歌ッコうまいんだよ。

『カズコは元気で、歌ッコ歌ってたよ』

ってね、いつだったか、役場の坂本さんが函館へ行って、帰って来ていったことあったけどね。それも大分、前の話だよ」

徳太郎はもう空になった湯呑の縁に口をつけてすする真似をした。

「お酒、なくなったわね。もっと貰って来ようか」

「いンや、もういい」

「遠慮しなくていいのよ」

「いンや、もういいよ」

酒はいらないが、徳太郎はもっと話をしたい気持だった。けれども女が立ち上ったので、徳太郎も立った。

徳太郎はシリエト神社の鳥居の前で女と別れた。神社の前にはもう人影はなく、参道の奥に開けたままになっている拝殿の中には西日が射し込んだまま、誰もいなかった。

「サヨナラ、またね」

と東京の女はいった。

「うん……」

徳太郎は女の方を見ないで、

「サヨナラ」

不器用にいった。

「サヨナラ」という言葉を、これまで徳太郎は使ったことがなかった。「サヨナラ」といい合って別れるような付合の相手は、徳太郎の生活の中にはいなかったのだ。

あの女はどこへ帰るんだろう?

徳太郎は女に背を向けて歩きながら思った。

徳太郎が他人に対して関心を持ったのは初めてだ。

東京の女は徳太郎の話をとても熱心に聞いてくれた。

徳太郎の話を熱心に聞いた人間に、徳太郎は生れて初めて出会った。

だがなぜ、東京の女が徳太郎の話を熱心に聞いたのか、徳太郎にはわからない。

しかしわからなくても徳太郎は別にかまわない。東京の人にはオレの話が珍しいのかなあ、と思った。

そしてすぐ、徳太郎は別のことを思った。なぜ、そのことが頭に浮かんだのか、わからないが、

――そうだ、おっかさんの骨、取りに行かねばなんないな。

と思ったのだ。

ウララ町界隈《かいわい》の秋の祭礼は、このシリエトの祭の後、ウララ本町の大祭が行われ

て終りになる。ウララ町の大祭の後は、エリモの住吉神社の祭がある。

ウララ神社の大祭で太鼓を叩いた翌日、徳太郎は自転車を漕いでエリモへ向った。

住吉神社で太鼓を叩きながら、

——そうだ、阿寒へおっかさんの骨、取りに行かねばなんね。

とまた思った。

オンバコの骨を阿寒の山奥の寺に預けてから何年経つか、徳太郎には思い出せない。その寺の名前も徳太郎は知らない。阿寒の山の奥、としか憶《おぼ》えていない。

住吉神社の祭が終った日、徳太郎は神主にいった。

「神主さん、神主さんのお蔭でご飯も食べさせてもらって、お酒も飲ませてもらって、体も火照《ほて》ってあったかくなってるから、これからおっかさんの骨、もらいに行ってくるよ」

神主は驚いて、

「これからって、トクさん、自転車でかい」

「そうだよ」

「阿寒までかい」

「そうだよ」

エリモから阿寒まで、自転車で何日かかるものか、誰も自転車で行った者がいないからわからない。

握り飯を五つ握って貰って、徳太郎は自転車を漕いで出かけた。

神社を出て坂道にさしかかった頃、急に強い北東の風が吹いて来た。このへんではこの風のことをオロマップ風と呼んでいる。

「トク、この風にどこさ行くんだ」

通りかかった男が声をかけたが、その声は風にち切れて徳太郎の耳には届かず、徳太郎は自転車を降りてしっかりとハンドルを握り、風に向って出来るだけ頭を低めて押し進んで行く。風が通り過ぎると頭を上げて自転車に乗り、また降りては自転車を押して行く。

右手で海は暗灰色に濁ってのたうち廻っている。

風はピィーと空を鳴らして駆けてくる。

海と山に挟まれた一本道を、徳太郎は右へ吹き寄せられたり、左へ戻ったりしながら、だんだん小さくなって行った。

それがウララ町の人間で、徳太郎を最後に見かけたただ一人の人である。

そのまま徳太郎は帰って来ない。

町の人は徳太郎がいないことに気がついたが、そのうちにひょっこり帰って来るだろうと皆、思っている。誰ひとり、徳太郎は死んだかもしれないとは思わない。

誰も徳太郎のことを心配していない。

徳太郎のことを忘れているが、しかし誰もがすっかり忘れきっているわけではない。

〈著者紹介〉

佐藤愛子（さとう あいこ）
大正十二年大阪生まれ。父は作家佐藤紅緑、詩人サトウハチローは異母兄。昭和四十四年「戦いすんで日が暮れて」で直木賞受賞。その一方で世相・風俗を痛烈な批評性と自在な文章で斬るエッセイも人気を博す。昭和五十四年『幸福の絵』で女流文学賞受賞。平成十二年には、佐藤家の荒ぶる魂を冷徹な作家の眼で描いた大作『血脈』が菊池寛賞を受賞した。近作に二度目の結婚生活を回想し、夫だった男の人間性をたずねて鎮魂の思いを刻んだ『晩鐘』がある。

加《か》納《のう》大《だい》尉《い》夫《ふ》人《じん》
オンバコのトク

平成三十年四月一日　第一刷発行

著　者　佐藤愛子
発行所　株式会社めるくまーる
東京都千代田区神田神保町一－一一
電話　〇三－三五一八－二〇〇三
URL http://www.merkmal.biz/
編集協力　吉村千穎（風日舎）
印刷・製本　モリモト印刷株式会社
装　幀　クリエイティブ・コンセプト

ISBN978-4-8397-0174-1 Printed in Japan
